賢者の孫
17
永遠無窮の英雄譚

シン=ウォルフォード
『治癒魔法をかけても
良くならなくて、
どうしたらいいのか……』
シシリーは聖女と呼ばれるほど
治癒魔法に長けた魔法使いだ。
「シシリーの治癒魔法が
効かなかったのか……」
『はい……なので、シン君なら
なにか分かるかと思って……』
通信機から聞こえてくるシシリーの声は、
心配と不安からとても弱々しい。

シシリー＝ウォルフォード
シルバー＝ウォルフォード

「おとうさん……

僕……

おとうさんの子じゃないの？」

「なあ、シルバー、知ってるか？」

「なに？」

「パパと、じいちゃんとばあちゃんな」

「うん」

「血が繋がってないんだぜ？」

「!!　うそだ!!」

俺の告白を聞いたシルバーが、
正に驚愕といった表情で叫んだ。
すると、俺たちを見ていたシシリーが
クスクス笑い、シルバーの頭を撫でた。
「不思議でしょう？
パパが赤ん坊の頃にね、
魔物に襲われた馬車の中から、
マーリンお爺様が
唯一の生存者だったパパを
拾って育てたの」

「オクタヴィア王女殿下が
シルバー君のことを好きなのは
見て分かりますが、
シルバー君の方はどうなんですか？
シシリーさん」
クリスティーナがシシリーに訊ねると、
シシリーは「うーん」と考え込んだ。
「この年頃の三歳差は結構大きいですから。
シルバーからしてみれば恋愛対象外
なんだと思います」
「ですわねえ。もし恋愛的な意味で
好きだと言ったら、正直ドン引きしますわ」
「ですね。そのうち自然と
意識するんじゃないですかね？」
「その間にシルバーが余所見をすると
いけませんので、ヴィアからのアピールは
させるつもりですけれど」
エリザベート=フォン=アールスハイド
なんとなくシルベスタの様子が
気になっただけのクリスティーナだったが、
思いの外シシリーとエリザベートの母二人が
くっつけることに本気であった様子が
窺い知れてしまった。

賢者の孫17

永遠無窮の英雄譚

吉岡 剛

FB
ファミ通文庫

イラスト／菊池政治

賢者の孫 17

Contents

序章

アールスハイド王国では、六歳になると初等学院に入学し六年間、中等学院にて三年間勉強するのが『義務』となっている。

知識こそが国民の生活を豊かにするのだという数代前の国王の方針で定められたことなのだが、シンはこの国王も転生者ではないかと睨《にら》んでいる。

それはともかく、アールスハイド国民なら誰でも通う初等学院と中等学院だが、平民は公立……ここで言うと、地域の自治体が運営している学院に通うことになる。

国から補助金が出ており、授業料、給食費は無料。

制服はないので、私服で通うのが一般的で、アルティメット・マジシャンズの平民組もこの公立の初等・中等学院に通っていた。

対して、貴族や裕福な平民はどうなのか？　というと、国が直接運営する王立の初等・中等学院に通う。

国が運営しているが、そのための資金は貴族や裕福な平民からの寄付によって賄《まかな》われており、国の予算という面で言えば平民の公立学院の方が優遇されている。

ただ、お金をかけているだけあって仕立てのいい制服はあるし、校舎や設備は豪華だし、教師陣は一流だし、なにより上流階級の子供たちだけが通っているので将来の人脈作りにも大いに役立つ。

こうした王立初等学院に、今大変注目されている生徒がいる。

今年入学したシンの義息子シルベスタ＝ウォルフォードだ。

元々、創神教《そうしんきょう》教皇《きょうこう》エカテリーナが公表した『奇跡の子』として有名だったシルベスタだったが、シンの養子でウォルフォードを名乗る子供が王立学院に入学したのである。

否《いや》が応《おう》でも注目されてしまうのだが、当の本人はその事実に全く気付いていない。

そして今日も、シルベスタは王立アールスハイド初等学院に登校してくるのだった。

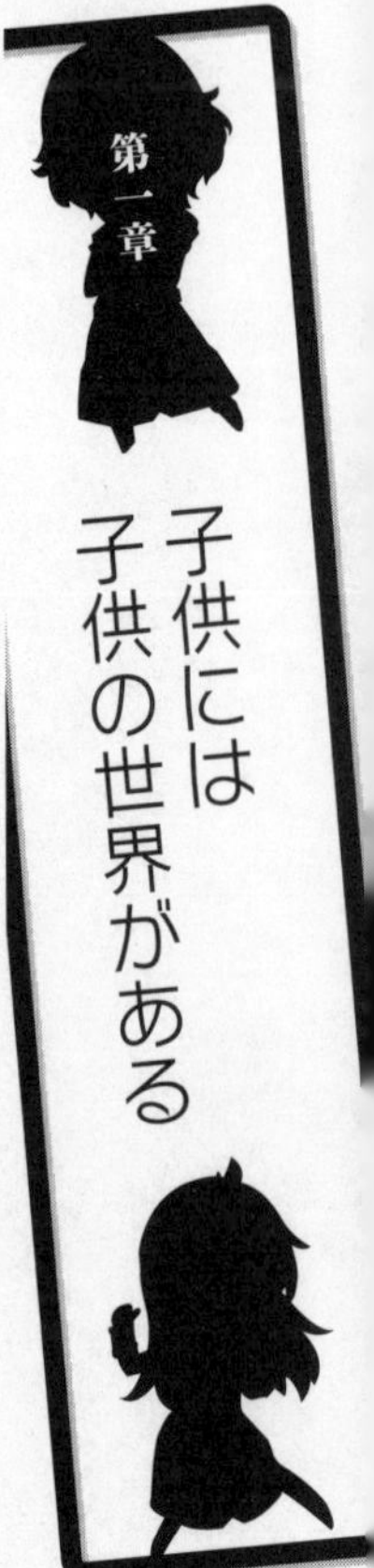

第一章 子供には子供の世界がある

王太子妃エリザベートへの二度の暗殺未遂。

それに伴《ともな》い、ダームへ各国からの強制介入があり政治形態が再び変わった。

大人たちは、その大きな変化への対応に右往左往していたが、そんなことにまったく関係ない者たちがいる。

子供たちだ。

アールスハイド王立アールスハイド初等学院に通う子供たちの親は大半が貴族で、それ以外にも商売を営んでいて裕福な家だったりと、今回のダームの混乱によって忙しくしているのだが、子供たちにとっては関係のない話だった。

「シルバーくーん」

初等学院一年の教室で、教室に入ってきたシルベスタに声をかけてくる女の子がいた。

いや、女の子「たち」だ。

「あ、おはよう、みんな」

口々に挨拶《あいさつ》をしてくれる女の子たちに、シルベスタはニッコリと笑って挨拶を返した。

シルベスタは、サラサラの銀髪に整った顔立ち、体形もシュッとしている。

それに加えて、成績も優秀で運動神経もよく、性格も穏《おだ》やかで優しく、家も『あの』ウォルフォード。

つまり、女の子たちに大変モテているのだった。

まるで、少女小説から抜け出してきたかのようなシルベスタに、ニッコリと笑いかけられて挨拶をされた女の子たちは、その笑顔に心臓を撃ち抜かれ腰砕けになっていた。

女の子たちは思う、「まるで王子様のようだ」と。

彼女たちと歳の近い王族にいるのは王女様で王子様はいない。

現在いる王子様はアウグストのことで、既に結婚し子供までいる。

大人すぎて彼女たちにとって恋愛の対象外であった。

なので、彼女たちにとっての王子様は、平民だが『救世の英雄』『魔王』『神の御使い』と呼ばれるシンと『聖女様』と呼ばれるシシリーの息子で、容姿も優れているシルベスタなのだ。

とはいえ、シルベスタを王子様と呼ぶのはおかしくないのかもしれない。

なぜならシルベスタは、旧帝国において帝位継承権を持っていたシュトロームの息子だから。

世が世なら、皇子様と呼ばれていたのだから。

とはいえ、このことはほんの一部の人間しか知らない事実。

そんなことは関係なく、彼女たちはシルベスタのことを『王子様』だと見ているのだ。

女の子たちにモテモテであるため男の子たちから顰蹙《ひんしゅく》を買いそうなものだが、男女問わずに優しい性格をしているため、表立ってシルベスタに敵対するような子は少ない。

「お！　シルバーおはよー！」

「あ、おはようアレン。今日も元気だね」

「おう！」

シルベスタに挨拶を返され、アレンと呼ばれた少年は歯を見せて笑った。

アレンはウェルシュタインという名の侯爵家の子息である。

高位貴族の子供であるが、そんなことを感じさせないほどフランクな態度でシルベスタに接する。

そして、今のところアレンが砕けた態度で接しているのはシルベスタだけだ。

というのも、高位貴族である彼は幼い頃から立ち居振る舞いについて厳しく躾《しつ》けられており、アレンはそれが本当に嫌だった。

窮屈《きゅうくつ》で、息が詰まる思いをしていた。

そんなとき、初等学院で偶々《たまたま》席が近かったシルベスタと友達になった。

身分は平民なのに、アールスハイドの王族からも慕《した》われているウォルフォード家。そこの息子であるシルベスタと友達になったと両親に報告したとき、両親は「よくやった!!」と涙を流さんばかりの勢いで歓喜し、最高の賛辞《さんじ》を送ってくれた。

シルベスタは平民だ。

なので、畏《かしこ》まった言葉遣いに慣れていないので、良かったら砕けた態度で接してくれると嬉しいと言われたのだ。

そのことをまた両親に報告したとき、シルベスタ様のご希望通りにしなさいと公認を貰えた。

なんで平民の子供に様付け？　と思いはしたものの、別にどうでもいいかと思ったアレンは、シルベスタに砕けた態度で接するようになったのだ。

それ以来、アレンとシルベスタは学院で一番の友達になった。

最早親友と言っていいとアレンは思っている。

席に着いたシルベスタは、そんなアレンと談笑を始めた。

「シルバー、週末はなにしてたんだ？」

「僕？　家でショーンのお世話をしてたよ」

「ショーン？」

「こないだ産まれた僕の弟。可愛いんだ」

「へえ！　そりゃおめでとう！　でも、ずっと家にいたのか」

「うん。あ、でもヴィアちゃんとエリーおばさんが遊びに来てくれたよ」

シルベスタがそう言うと、アレンはピシリと固まった。

ヴィアちゃんとエリーおばさんが誰なのか分かったからだ。

「お、おま……王女殿下をちゃん付けって……王太子妃殿下をおばさんって……」

あまりに不敬な発言に、アレンはパクパクと口を開閉した。

学院では砕けた態度のアレンだが、躾《しつけ》は厳しくされているので王家に対する忠誠と敬愛も教え込まれている。

そんな王家の人間に対して、ちゃん付けもおばさん呼びもアレンにとってはありえないことなのだ。

そんなアレンの態度に、シルベスタは苦笑を漏らす。

「僕もそう思って『妃殿下って呼んだほうがいいですか？』って聞いたら『やめてください。今まで通り「エリーおばさん」でいいですよ』って言われたんだ」

「へえ、そうなんだ……さすがウォルフォードだな」

「うん、おとうさんは凄いよ。おとうさんとオーグおじさんは親友だから、親友の子供に畏まられたくないって言ってた」

王太子殿下をおじさんって……とアレンは思ったが、これ以上突っ込まないことにした。

天下に名だたるウォルフォード家では、これが日常なんだと、そう自分に言い聞かせた。

「あ、他にも妹と同い年の子が来てたから、結構賑《にぎ》やかだったよ。だから退屈はしなかったな」

「へぇ、どこの子？」

「えっと、ビーン工房って分かる？」

「そりゃお前、知ってるよ。アールスハイド一デカい工房じゃんか」

「そこのマックスって子と、おとうさんの昔からの知り合いの人の子で、レインっていう男の子」

「へぇ」

シルベスタの言うレインとは、ジークフリードとクリスティーナの息子である。

容姿はクリスティーナに似ていて、感情があまり顔に出ない子だ。

「シルバーの妹って三歳だっけ？」

「うん」

「その歳の子供が一杯か……お守り大変だろ？」

「まあね。でも、みんな聞き分けのいい子たちばかりだから、そんなにしんどくないよ？」

「……スゲエな、お前」

「そう？」

「ああ。うちの親戚にも小さい子がいるんだけど、まだ小さいからってマナーの勉強とかしてないのな。だから家に来たらうるさくってさ」

「あはは。そうなんだ」

「それにしても、シルバーんちって魔王様に聖女様、賢者様に導師様もいらっしゃるんだろ？　スゲーよなあ」

この年代の子たちにも、賢者と導師の逸話《いつわ》は伝わっている。

両親、祖父母世代が特に尊敬しているのだが、今の世代にも尊敬すべき人物として小さいころから伝記や小説などを読むことを推奨《すいしょう》されている。

だが、この世代の子供たちにとって英雄といえばシン＝ウォルフォード率いるアルティメット・マジシャンズなのだ。

アレンは口には出さないが、魔王シンと聖女シシリーが両親など、なんて羨《うらや》ましいんだろうと常々思っていた。

だから、次にシルベスタが言った言葉が、俄《にわか》には信じられなかった。

「良かったら、今度うちに遊びに来る？」

「え？」

「あ、アレンの家って侯爵家だから、習い事とかあるかな？　だったら無理にとは……」

「行く！　行くよ‼　親には言う必要があるけど、絶対了承してもらえるから‼　習い事なんか予定を変更したらいいから‼」

アレンの必死な様子に、シルベスタは若干引いた。

「そ、そう？　じゃあ、予定が決まったら……」

「今週末！　今週末の休みに行くから‼」

「え、ああ、うん。分かった。じゃあ、そう言っとくね」

「おう！」

アレンは満面の笑みで返事をしたあと「マジか……マジか……魔王様と聖女様に会えんのか……」とブツブツ呟《つぶや》いていた。

そんなアレンを見てシルベスタは苦笑していたが、やっぱり父と母は凄いと改めて思うのだった。

授業が恙《つつが》なく進み休み時間となったとき、同じクラスの女の子がシルベスタとアレンのもとにやってきた。

「あ、あの、アレン様……」

「ん？　ああ、クレスタか。どうした？」

クレスタと呼ばれた女の子は、マニュエル伯爵家の娘でアレンの幼馴染み。

薄茶の髪と同系色の瞳を持った、非常に儚《はかな》げに見える女の子である。

そんなクレスタが、シルベスタと仲良く話しているアレンに意を決したように話しかけていたのだ。

「あ、あの！　今週末はお暇でしょうか⁉　もしよければ、家に遊びに来ませんか⁉」

真っ赤な顔でそう言うクレスタは、幼馴染みであるアレンのことが好きだった。

互いの両親も応援してくれており、今回はクレスタの母の提案でアレンを家に招こうと相談していた。

なのでアレンにそのお誘いをしたのだが……。

「え？　あー……」

今までクレスタの誘いは快諾《かいだく》してきたアレン。

それもそのはずで、クレスタがアレンを誘うときはアレンの両親も協力して予定を空けていた。

今回もそのはずだったのに、アレンは気まずそうな表情をして顔を背けた。

「……え？」

まさか、そんな反応が返ってくるとは思いもしなかったクレスタは、信じられない思いでアレンを見、そして絶望に打ちひしがれた。

「ご、ご迷惑だったでしょうか……？」

そう言ってショボンリするクレスタに、アレンは大いに慌てた。

「あ！　いや、違う！　今週末はシルバーんちに遊びに行くって話になったから！　クレスタが嫌とかじゃないから！」

「……え？」

アレンの言葉に、クレスタは先ほどと同じ言葉を、全く違う感情で零した。

「シルバー君のおうちって……それって……」

「あ、ああ。シルバーが家に遊びにこないかと提案してくれてな。是非《ぜひ》にとさっき話したところだったんだ」

「そう……だったのですか」

このときのクレスタの心情は、自分よりもシルベスタを優先したアレンに対する不満と、アールスハイド王国で……いや、世界中で知らぬ者のいないウォルフォード家へとお招きされたことに対する羨ましさとがごちゃ混ぜになっていた。

「だ、だからな？　別にクレスタの誘いが迷惑とか、そんなことはないからな？」

複雑そうな顔をして黙り込んでしまったクレスタに対し、必死に言い訳を重ねるアレン。

この対応を見るだけで、アレンがクレスタをどう思っているのかは明白だろう。

要はこの二人、お互いに好意を持っているのである。

それは周囲にはバレバレで、互いの両親だけでなくクラスメイトにも生温い視線で見守られている関係なのである。

周囲は『さっさと付き合えよ』という気持ちなのだが、お互いまだ初等学院の一年生。お付き合いをするとかしないとか、そんな感情はまだないのである。

当然シルベスタも、二人を生温かく見守っているうちの一人である。

「ほら！　こんな機会は滅多《めった》にないから！」

「そう……ですね……」

「分かってくれたか⁉」

「ええ……残念ですけれど……今回は諦め……」

「あ、じゃあクレスタさんも今週末は時間あるんだよね？　よかったらアレンと一緒に家に来ない？」

本当に渋々アレンとの逢瀬《おうせ》を諦めようとしたクレスタに、突如《とつじょ》救いの手が差し伸べられた。

しかも、先程心底羨ましいと思っていたウォルフォード家へのご招待である。

「よ、よろしいんですの？」

まさに呆然《ぼうぜん》といった表情でシルベスタの顔を見るクレスタ。

「うん。クレスタさんはアレンと一緒に遊びたかったんだよね？　それなら、うちで一緒に遊べばいいよ。あ、でも、クレスタさんは伯爵家のお嬢様だから、平民の男の子の家に遊びに行くのはマズ「そんなことありませんわ‼ アレン様とご一緒ですもの！ まったく！ ちっともマズいことなどございません‼」……そ、そう？」

シルベスタの言葉に被せてそう言い切るクレスタ。

必死である。

「じゃあ、今週末、二人でうちに遊びに来てね」

「おう！」

「はい！ 楽しみです！」

こうして、初等学院に入学して以来、はじめてシルベスタの友達がウォルフォード家に遊びにくることが決まったのだった。

アールスハイド初等学院が休みになる週末。

家の馬車でウォルフォード家を訪れたアレンは、密かに感動していた。

アールスハイド王都内にあるウォルフォード家は、賢者マーリン、導師メリダ、魔王シン、聖女シシリーが住む、王都でも有数の重要施設である。

その門前は常に厳戒態勢が敷かれており、人々は遠目にしかその家を見ることができない。

ごく限られた人たちしかその門を潜ることは許されていないのだ。

そして今、その門を馬車が通り抜けた。

「ふおお……ウ、ウォルフォード家の門を抜けた！」

「父上……」

アレンは、今回一緒に付いてきた父にジト目を向けた。

自分も感動していたのに、より大袈裟《おおげさ》に感動している父がいたため感動に浸りきれなかったのだ。

「僕だけでいいと言いましたのに。なぜ付いてくるのですか？」

「そ、それはだな。やはり子供同士の交流とはいえ初めてお邪魔するお宅だ。なら、最初に親として挨拶はしておくべきだろう？」

言われてみればその通りである。

アレンは侯爵という、貴族の中でも高位に属する貴族の子息だ。

そして、ウォルフォード家は一応爵位を持っていない平民という立場ではあるが、実際は色んな大人の事情で爵位を授けることができなかっただけ。

もしアールスハイド王家がその気になれば、そしてウォルフォードが受ける気であれば、侯爵の地位は堅く、王家との距離の近さを考えれば、本来なら王家の親族に与えられる公爵に叙《じょ》されても不思議ではない。

そんな家に息子が遊びに行く。

であるならば、当主である父が挨拶に行くことは当然である。

しかし……。

「……父上。まさかとは思いますが……シン様やシシリー様、マーリン様やメリダ様に会いたいがために付いてきたのではありませんよね？」

「そ！　そんなわけがなかろう！　あ、あくまでウェルシュタイン侯爵家としてだな！」

どうやら、父の目的はウォルフォード家の人間との対面だったらしい。

どうりで、昨日からやけにウキウキしていると思った、とアレンは普段の厳格さの欠片も見えない父を見て思わず溜め息を吐いた。

そして、ウェルシュタイン家の馬車は後ろに続いていたマニュエル伯爵家の馬車と一緒に館の正面玄関に着いた。

アレンとクレスタ、そしてクレスタの方も付いてきた親が馬車から降りると、ウォルフォード家の正面玄関が開きシルベスタが出てきた。

「アレン、クレスタさん、いらっしゃい」

「おう、シルバー！　お邪魔します！」

「お、お邪魔致しますわ、シルバー君」

初めて友達を家に迎えるシルベスタが嬉しそうに、アレンは休日にシルベスタと会える嬉しさとこれから起こるであろう対面に興奮を隠しきれないように、そしてクレスタは緊張がマックスになりながら挨拶を交わしていると、シルベスタの後ろから人影が現れた。

その姿を見たアレン、クレスタ、そして二人の親は緊張で身体が固まった。

「やあ、いらっしゃい。アレン君とクレスタさんだったね？　シルバーのお父さんです」

「いらっしゃい、アレン君、クレスタさん。シルバーのお母さんです」

『魔王』『神の御使い』『救世の英雄』と呼ばれるシンと、『聖女』と呼ばれるシシリーが自分の名前を呼んでにこやかに挨拶してくれた。

たったそれだけのことなのだが、アレンとクレスタは感動して涙目になっている。

そんな二人を微笑《ほほえ》ましそうに見たあと、シンは後ろに控えている二人の父親たちに声をかけた。

「ウェルシュタイン侯爵とマニュエル伯爵ですね。初めまして、シン＝ウォルフォードです。シルバーがお子さんと仲良くしてもらってるそうで、ありがとうございます」

「あ！　いえ！」

「こ、こちらこそ！」

穏やかな表情のシンと違い、ウェルシュタイン侯爵とマニュエル伯爵は緊張で強張《こわば》った表情で頭を下げた。

高位貴族が平民に頭を下げる。

本来ならありえないことだが、マーリンから続くウォルフォード家の威光《いこう》は絶大なのである。

思わず、名乗りを忘れてしまうほど。

だが、貴族の習慣に疎《うと》いシンは、特に気にした様子はない。

そんな男性陣を見て、元貴族令嬢であるシシリーが苦笑しながら声をかけた。

「こんなところで立ち話もなんですから、どうぞ中にお入りください。シルバー、アレン君とクレスタさんを案内してあげて？」

「うん！　アレン、クレスタさん、どうぞ入って！」

「おう！」

「お、お邪魔致します」

シシリーに声をかけられて、シルベスタはアレンとクレスタを家の中に招き入れた。

シルベスタの案内でリビングに向かう子供たちを見て、保護者である大人たちも中に入る。

そして、そこで待っている人物を目にして固まった。

「やあ、いらっしゃい」

「よく来たね」

マーリンとメリダである。

アレンとクレスタの世代では、英雄といえばシンやシシリー、アウグストたちアルティメット・マジシャンズになるのだが、その親であるウェルシュタイン侯爵とマニュエル伯爵にとって英雄とはこの人たち。

そんな生ける伝説が目の前にいる。

「お、お初にお目にかかります！　ウェルシュタイン侯爵を拝命しております、アルバート＝フォン＝ウェルシュタインと申します！　お、お会いできて光栄であります！」

「マニュエル伯爵を拝命しております、チェスタ＝フォン＝マニュエルと申します！お目にかかれて感激です！」

シンとシシリーとの対面のときは、現代の英雄に会うことに緊張していた。

だが、マーリンとメリダは、子供のころからの憧れの存在。

そんな二人に会えたことで、さっきのアレンとクレスタのような感動した顔になるウェルシュタイン公爵とマニュエル伯爵。

表情が子供にそっくりである。

「ほっほ。まあ、そんなに緊張せずに」

「爺さんの言う通りさね。これからもあの子たちはウチに遊びに来るんだろう？　もっと気軽にしな」

「「は、はい！」」

英雄譚でしか知らない英雄たちと会話をしている。

そのことだけで、二人は天にも昇る心持ちであった。

リビングは子供たちが使うので、大人たちはダイニングにあるテーブルに着き、ウォルフォード家とウェルシュタイン侯爵家、マニュエル伯爵家の交流が始まった。

その頃、リビングの子供たちは……。

「うおぉ……魔王様に声かけられたあ……」

「聖女様……お綺麗でした……」

アレンとクレスタはソファーに並んで座り、先ほどのシンとシシリーとの出会いを思い返していた。

そんな夢見心地の二人を見て、シルベスタは苦笑した。

「そんなに感動するようなこと？」

その言葉を聞いたアレンとクレスタは猛然《もうぜん》とシルベスタに反論した。

「ばかっ！　お前！　魔王様と聖女様だぞ⁉　現代の英雄、生ける伝説だぞ⁉」

「むしろ、なぜそのように冷静なのですか⁉」

ローテーブルに手を突き身を乗り出しながらそう言い募る二人の勢いに、シルベスタは思わず後ずさった。

「なぜって言われても……」

シルベスタにとってシンとシシリーは父と母、それ以上でもそれ以下でもない。

しかし、その感覚が理解できないアレンとクレスタは、今一ピンと来ていないシルベスタのことを信じられないものを見る目で見てきた。

「お前、お二人の英雄譚とか聞いたことないのかよ？」

「私だって、絵本や児童書で読んだことがありますのよ？」

シンの物語は、例の『新・英雄物語』をはじめ、子供向けに絵本や児童書、果てはシンがどうか止めてほしいと願っていた演劇にまでなっている。

しかし……。

「読んだことない」

シルベスタがそう言うと、アレンとクレスタは信じられないという顔をした。

アレンとクレスタは……いや、世界中の子供たちは絵本になっているシンたちの物語を読み聞かされて育つ。

男の子たちはシンたちが魔人たちと死闘を繰り返し勝利していくことに興奮し、女の子たちはシンとシシリーが紡《つむ》ぐ恋物語に憧れる。

今の世代の子供たちは、シンたちの物語が大好きなのだ。

だというのに、憧れの対象であるシンとシシリーの子供であるシルベスタは、物語を読んだことすらないという。

その事実が信じられなかった。

「なんで⁉」

「なんでって言われても……おとうさんが恥ずかしがって本を見せてくれないから」

「恥ずかしいって……」

アレンやクレスタにとっては興奮する物語でも、当の本人にとっては恥ずかしい話以外のなにものでもない。

まだ幼いアレンとクレスタでは、それが理解できなかった。

「まあ、その話は知らないけど、おとうさんとおかあさんが凄いのは知ってるよ。おとうさんによく空の散歩に連れて行ってもらってるし」

シンの考えが理解できずに混乱していたアレンとクレスタだったが、シルベスタの言葉にその混乱は吹き飛んだ。

「空の散歩ってなんだ⁉」

「く、詳しく教えてください！」

シルベスタから飛び出した、聞き慣れない魅力的な言葉に、アレンとクレスタは激しく食い付いた。

「えっとね……」

興奮した様子の二人にまた引きながら、シルベスタはその様子について話し始めた。

話しているうちにお茶やお菓子なども用意され、それを頬張《ほおば》りながら楽しく和《なご》やかに談笑していると、シルベスタがなにかに気が付いたように視線を向けた。

「ん？　どうしたシルバー？」

「シルバー君？」

「あ、いや……」

ちょっと困った様子のシルバーを見て、視線の先が気になった二人はそちらを見た。

そこには……。

「「「じー」」」

リビングの入り口からこちらを凝視《ぎょうし》する、四つの幼い顔があった。

「……なんだ、あれ？」

「あ、あはは……妹とその友達」

アレンの呟きに、シルベスタがそう答える。

そう、こちらを凝視していたのは、シルバーの妹たち。

兄が知らない子と仲良く話しているのを羨ましそうに見ていたのだ。

「か、かわいい……」

自分より幼い子が連なってこちらを見ている様子は、クレスタの目には非常に可愛らしく映り、思わず声を漏らした。

そして、幼い子と触れ合いたいと思ったクレスタは四人に声をかけた。

「こちらにいらっしゃらない？」

クレスタがそう言うと、真っ先にかけてきたのはシャルロットだ。

リビングの入り口からダッシュしてきたシャルロットは、無言のままシルベスタに飛び付いた。

「わっ！」

「しゃる！　ずるいですわ‼」

シャルロットに続いてオクタヴィアも飛び付く。

シルベスタにくっついた二人の幼女の後ろからマックスとレインもおずおずと部屋に入ってくる。

「こ、こんにちは」

「……こんちは」

恐る恐る挨拶をするマックスとレインを見たアレンは、ニカッと笑った。

「おう！　俺はアレンだ、よろしくな！」

マックスとレインが自分よりも幼いということもあり、お兄さんぶってそんな挨拶をするアレン。

そんなアレンを微笑ましく思いながらクレスタも挨拶をする。

「クレスタです。よろしくね、マックス君、レイン君」

儚げな美少女であるクレスタにそう挨拶されたマックスとレインは、顔を赤くして俯《うつむ》いた。

「う、うん」

「……よろしく」

その様子を見たクレスタは、その可愛らしい様子に内心で身悶《みもだ》えていた。

「ほら、二人も挨拶しないと」

ちゃんと挨拶をしたマックスたちを見て、自分にくっついている幼女たちに声をかけるシルベスタ。

すると、シャルロットはちょっと不貞腐れた表情をしながらアレンとクレスタを見た。

「……しゃるです」

拗《す》ねたような挨拶にアレンとクレスタは、大好きなお兄ちゃんが知らない人と楽しそうにしていて嫉妬《しっと》したのだろうとすぐに理解した。

対してオクタヴィアは、一旦シルベスタから離れてスカートの裾《すそ》をチョンと持った。

「おくたびあですわ」

そう名乗った瞬間、アレンとクレスタはビシリと固まった。

ウォルフォード家に遊びに来るオクタヴィアという名の幼女に、思い当たる人物は一人しかいない。

二人は即座にソファーから立ち上がり、アレンは手を胸に当てて跪《ひざまず》き、クレスタはオクタヴィアよりは洗練されているが、まだたどたどしいカーテシーをした。

「お、お初にお目にかかりますオクタヴィア殿下！　ウェルシュタイン侯爵家が長男、アレンと申します！」

「お初にお目にかかりますオクタヴィア殿下。マニュエル伯爵家が次女、クレスタと申します」

友達の家に遊びに来て、まさかの王族との邂逅《かいこう》。

その信じられない出来事に、二人はパニックになりつつ必死に頭を下げ続ける。

どのくらいそうしていたのか、一向に声をかけられないことに心配になった二人は、そっとオクタヴィアを見た。

するとオクタヴィアは、キョトンとした顔をして二人を見ていた。

二人は『あ、これ、なんて声かけていいか知らないやつだ』と理解したが、王族であるオクタヴィアに対して勝手に礼を解くこともできず、三人の間に奇妙な沈黙が流れた。

それを見て苦笑したシルベスタは、オクタヴィアにそっと耳打ちした。

その行為に、もじもじしながらポッと頬を染めていたオクタヴィアだったが、すぐにアレンとクレスタに向き直った。

「あたまをあげてください」

オクタヴィアからようやく出たその言葉に、ホッとしながらアレンとクレスタは礼を解き頭を上げた。

「アレン、クレスタさん。ヴィアちゃんはまだ三歳で本格的なマナー講習は受けてないんだ。だからそんなに畏まらなくて大丈夫だと思うよ」

そんな訳あるか！　と大声で叫びたくなった二人だが、シルベスタの言葉にもキョトンとしているオクタヴィアを見ると、王族とはいえまだ三歳では難しいことは分からないよなと納得した。

とはいえ、最低限の礼は失しないようにしないといけないが。

そう思いソファーに座る二人だったが、ふとオクタヴィアがジッとクレスタを見ているることに気が付いた。

「あの……王女殿下、どうされました？」

「私、なにか粗相《そそう》をしてしまいましたでしょうか？」

もしかして、まだソファーに座ってはいけなかったか⁉　と腰を上げかけた二人だったが、オクタヴィアの言葉でその行為は止められた。

「あなた、しるばーおにいさまのなんなのです？」

その言葉に、クレスタはビシリと固まった。

オクタヴィアの言葉が一瞬理解できなかったクレスタだったが、シルベスタの腕にしがみつきながらこちらを睨《にら》んでいる様子を見て、ようやく理解した。

警戒している！

シルベスタに近寄る女を警戒している！　三歳の幼女が！

そのあまりに可愛らしい嫉妬心に、クレスタは内心で身悶えた。

しかし、それを表面には出さず、なるべく優しい表情と声色でオクタヴィアに話しかけた。

「シルバー君とは、ただのお友達ですわ」

「……ほんとうですか？」

まだ疑り深くこちらを見ているオクタヴィアを見て、クレスタは安心させてあげようとさらに言葉を紡いだ。

「ほんとうですよ。それに、私には……」

クレスタはそこで言葉を区切ると、チラリとアレンを見た。

そして、ソファーから立ち上がってオクタヴィアのもとに行き、そっと耳打ちした。

「他に好きな人がいますから」

そう言われたオクタヴィアは、先程クレスタがアレンをチラッと見ていたのに気づいていたのでそれが誰だか察した。

「わかりましたわ」

そう言ってニッコリ笑うオクタヴィアにクレスタはホッと息を零した。

自国の王女様に恋敵認定されてしまうなんて、人生終わったと思っても仕方がない。

それを回避できたことで安堵《あんど》したのだ。

だが、それもつかの間だった。

「じゃあ、あそんでください！」

「「え？」」

じゃあ、の意味がよく分からないが、王女様は突然自分と遊ぶように命令してきた。

「しるばーおにいさまをひとりじめしてずるいのです！　わたくしたちもあそびたいです！」

オクタヴィアがそう言うと、シャルロットやマックス、レインも二人をジッと見た。

「あ、ああ……」

「そういうことですか……」

どうやらこの子たちはシルベスタのことが大好きらしい。

そのシルベスタをアレンとクレスタが独占しているので、拗ねて様子を見に来たのだ。

「えっと……アレン、クレスタさん、悪いんだけどどこの子たちと一緒に遊んでもらってもいいかな？」

左腕にシャルロット、右腕にオクタヴィアをぶら下げたシルベスタが苦笑しながらそう言うと、アレンとクレスタは大いに戸惑った。

「え……王女殿下と……？」

「一緒に……ですか？」

どうしようかと戸惑っていると、大人の女性の声が聞こえてきた。

「申し訳ありませんが、一緒に遊んであげて頂けませんか？」

突然聞こえてきたその声にアレンとクレスタが振り返ると、そこには、シンプルながらも美しい衣装を身に纏《まと》ったいかにも高貴な女性が立っていた。

その姿を見たアレンとクレスタは慌《あわ》てて立ち上がり、先ほどオクタヴィアにした礼を執った。

「面《おもて》を上げて楽にしてくださいな。ここは王城ではありませんし、今の私はヴィアの母として付いてきただけですので」

先程、アレンとクレスタの父とウォルフォード家の人間が挨拶をしたときは顔を見せなかったが、オクタヴィアがいるということは、当然ながら母であるエリザベートもいるのだ。

そして、いるのはエリザベートだけではない。

「ごめんねシルバーちゃん。みんなシルバーちゃんのお友達が気になるらしくて」

そう困ったように言うのはマックスの母であるオリビアだ。

「レインも、大人しくしていると思ったのですが、意外と気になっていたようですね」

そう言うのはレインの母であるクリスティーナだ。

あまり感情を面に出さないレインがシルバーの友達を気にしていることが珍しかったらしい。

「ごめんなさいね、アレン君、クレスタさん。せっかく遊びに来てくれたのに邪魔しちゃって」

大人たちの話は終わったのか、シシリーも一緒にいた。

「あ、いえ！　それは全然構わないのですが……」

「あの……私たちが王女殿下と一緒に遊んでもよろしいのでしょうか？」

二人が戸惑っていたのは、シルバーとの交流を邪魔されたからではなく、自分たちが王族と一緒に遊んでもいいのだろうか？　と判断できなかったからだ。

アレンとクレスタが戸惑っている中、エリザベートはニッコリ笑っていた。

「全然問題ありませんわ。むしろ、子供たちの相手をしてくれるなら大変ありがたいのです。お願いできますか？」

元公爵令嬢で現王太子妃であるエリザベートにお願いされれば、二人にできる返事など決まっている。

「「はい！　よろこんで！」」

その光景を遠目に見ていたシンが「いや、居酒屋かよ」と内心ツッコミを入れるほどの勢いで、二人はエリザベートの願いを了承した。

それからシルベスタたちは庭に移動した。

鬼ごっこやかくれんぼ、玉遊びに夢中になったり、マックスやレインがシルベスタにタックルをしかけ、それをシルベスタがやんわり受け止めふんわり投げ飛ばしたりして、幼子二人がキャッキャと喜ぶ。

その光景を見たシャルロットとオクタヴィアもシルベスタに向かっていって、コロンと転がされて爆笑したり、オクタヴィアはここぞとばかりにシルベスタにしがみついて離れなかったり。

それを見てアレンとクレスタがハラハラしたり、その隙にマックスとレインの奇襲を受けて二人揃って転がされたり。

体力の続く限り遊び倒した。

やがて、体力の限界を迎えたシャルロットが芝生《しばふ》の上で寝っ転がって寝落ちしてしまうと、他の子供たちも次々に寝落ちしていった。

オクタヴィアは、ちゃっかりシルベスタの腕の中で寝落ちしていた。

無限に続くかと思われた子供たちの体力が切れたことに、アレンとクレスタはホッと息を吐いた。

「二人ともゴメンね。この子たちの遊びに付き合わせちゃって」

ぜぇぜぇと肩で息をしているアレンとクレスタに向かって、シルベスタが申し訳なさそうにそう言った。

「いや、それはいいんだけどよ……それ、大丈夫なのか？」

アレンがそう言うのは、シルベスタが芝生の上に座りながらオクタヴィアを抱っこしていたからである。

さすがにまだ六歳のシルベスタが、三歳のオクタヴィアを抱っこしたまま立ち上がることはできないのでこの体勢なのだが、王女であるオクタヴィアを抱っこするのは不敬にならないのかと心配になったのだ。

「え？　なにが？」

心底不思議そうにそう言うシルベスタに、アレンは諦めたように盛大に息を吐いた。

「そっか……そうだよな……ここはウォルフォード家だった……」

「？　よく分かんないけど……アレン、悪いけどおかあさんたち呼んできてくれない？」

「お、俺がか⁉」

「うん。僕、身動き取れないし」

シルベスタが言っているのは、この寝落ちした子供たちを引き取るために母親たちを呼んできてほしいということ。

それはつまり、聖女様や王太子妃様を自分が呼んでくるということである。

あまりの大役に、思わず大きな声がでたアレンであるが、いつも通りのシルベスタを見てまた溜め息を吐いた。

「……分かったよ」

「ごめんね」

「ア、アレン君、私も一緒に行きますから」

「ああ、そうしてくれると助かる……」

一人で行くより二人で行った方が精神的疲労が少なくていい。

クレスタの提案に、アレンは心底助かったという表情でそう言い、二人で母親たちのもとに向かった。

「……はぁ、疲れた……」

「……本当だね」

「あのマックスって子、あれだろ？　ビーン工房の御曹司《おんぞうし》だっていう……」

「そうだね。あと、レイン君って子も、次期魔法師団長の子じゃない？」

「あと、極めつけが……」

「王女様……」

　クレスタがそう言ったあと暫《しばら》く二人とも無言になり、揃って溜め息を吐いた。

「さすがウォルフォード家、なんて恐ろしい場所なんだ……」

「気軽に遊びに来ていい場所じゃなかったね……」

　アールスハイド一、いや世界一有名な家に遊びに行けるということで浮かれていた気持ちが全くなくなっていた。

　代わりに『ウォルフォード家は恐ろしい場所』という認識になっている。

　今後、気軽に遊びに行っていいかとか言わないようにしよう。

　そう決意しながらアレンたちはシシリーたちを呼びに行った。

　こうして、アレンとクレスタのウォルフォード家お宅訪問は終わったのだが、その帰り際、二人は信じられない言葉を聞いた。

「アレン君、クレスタちゃん、また遊びに来てくださいね」

「ヴィアが随分と懐いたようですので、是非お願い致しますわ」

　聖女と王太子妃にまた来てほしいとお願いされたのだ。

　そうお願いされてしまったアールスハイド王国貴族家の二人は……。

「は、はい！」

「かしこまりました」

そう返事するしかなかった。

もうなるべくウォルフォード家には遊びに行かないと誓ってすぐ、その誓いは却下された。

またこんな胃の痛い思いをしないといけないのか……。

アレンとクレスタが、自宅に向かう馬車の中で絶望に打ちひしがれている横で、二人の親は伝説の英雄と思う存分会話することができ、ホクホク顔をしているのであった。

「おはようございますアレン様」

「ああ、おはようクレスタ」

ウォルフォード家訪問のあった次の日、学院の教室でクレスタがアレンに朝の挨拶をしていた。

その様子に、クラスメイトたちはザワついた。

今までクレスタがアレンに声をかけるときは、緊張しながら息を整え、意を決してから話しかけていた。

それが、今日はごく自然に挨拶を交わしたのだ。

もしかして、二人の仲に進展が？

クラスメイトたちは、口には出さなかったが各々同じことを考えていた。

これが一般の平民たちが通う学院であれば男子たちから散々揶揄《からか》われる流れになるのだろうが、ここは貴族の子女が多く通う学院。

将来のパートナーを見つけるのは非常に重要なことなので、こんなことで揶揄ったりしないのだ。

なので、クラスメイトたちはアレンとクレスタのことを生温かく、そして期待に満ちた目で見守った。

しかし、当の本人たちにそんな気は全くない。

こうして気安く話ができるようになったのは、二人にとっては試練ともいうべき出来事を一緒に乗り越えたことで妙な仲間意識が芽生えたからである。

なので、二人の話の内容もそのことになる。

「昨日は大変でしたね……」

「ああ……メッチャ疲れた……気が付いたら帰りの馬車の中で寝落ちしてたよ」

「私も、体力的にも精神的にも疲れました……」

「……また来てって言ってたな」

「言ってましたね……」

二人はそう言うと、揃って溜め息を吐いた。

アレンは、シルベスタの家に遊びに行けばシンやシシリーと会えるかも、という淡い期待を持っていた。

クレスタに至っては、そもそもアレンと一緒に遊びたいという思いが一番。

その行き先がウォルフォード家ということで、クレスタも淡い期待は持っていた。

ただ、それだけだった。

そして、その期待は叶えられた。

だが、王女様と王太子妃様は想定外だ。

事前準備なしに王族と邂逅するとか、本当に勘弁してほしい。

最初は、あのウォルフォード家にいるということで高揚し、シルベスタと楽しくお喋りをしていた二人だったが、王女様と王太子妃様襲来以降、ずっと心労が絶えなかった。

光栄なことなのだが……。

「……私、オクタヴィア殿下に失礼なことしてないですよね？」

「多分な……俺は？」

「大丈夫……だと思います」

二人が王族と会うのは初めてのこと。

なので、粗相などしていないか気が気でない。

今日にでも王家からオクタヴィア殿下の機嫌を損ねたと言ってくるかもしれない。

そう考えると、昨日からずっと気が休まらなかった。

なので、今までと違い自然な感じで会話が始まったにもかかわらず、なぜか沈痛な面《おも》持《も》ちの二人に同級生たちは怪訝《けげん》な表情を浮かべた。

「おはよう」

クラスメイトたちが戸惑っている中、シルベスタが登校してきた。

シルベスタは、教室に入った途端にクラスの様子がおかしいことに気付いた。

「？　どうしたの？」

「あ！　シルバー！」

「おはようアレン。コレ、どうしたの？」

シルベスタはどうしたのかと近くにいたクラスメイトに聞こうとしたが、シルベスタに気付いたアレンが大声で呼んだのでそちらに聞くことにした。

しかし、問われたアレンは首を傾《かし》げた。

「コレ？」

「え？　なんか教室の空気、変じゃない？」

「そうか？　それより、ちょっと聞きたいことがあるんだけど」

「うん」

アレンは席についたまま真剣な顔をしていた。

隣にいるクレスタも同じである。

「あのよ……昨日、あのあとオクタヴィア殿下がなにか言ってなかったか？」

アレンとクレスタは、子供たちが寝ている間に帰宅した。

なので、オクタヴィアが起きてからなにか不満を言っていなかったかと気になって仕方がなかったのだ。

アレンの口からオクタヴィアの名前が出たことに、クラスメイトは驚愕《きょうがく》した。

なんで王女殿下⁉

そうは思ったが、アレンはこのクラスの中では最上位の侯爵家。

詳しい話など聞けず、しかしアレンとクレスタの様子も気になるので、皆三人の会話に注目していた。

つまり、このとき三人の会話は周囲に聞かれていたのである。

そのことに気付いていないシルベスタは「昨日？」と首を傾げた。

「ああ、殿下、俺たちのこと、なんか言ってたか？」

「アレンたちのこと？　ああ、そういえば」

「な！　なんか言ってたのか⁉」

「なにを、なにを言っていたのですか⁉」

昨日、オクタヴィアが起きてからのことを思い出していると、アレンとクレスタが凄い勢いでシルベスタに詰め寄った。

「なにって……一緒に遊んでくれて楽しかったのに、お礼が言えなかったって残念そうにしてたよ」

その言葉を聞いた二人は、ホッと息を吐いた。

「そ、そうか」

「よかった……」

「？　なにが良かったのか分かんないけど、改めてお礼がしたいから、また遊びに誘ってって言われたよ」

「「!!」」

安堵の息を吐いたのに、続けてシルベスタから放たれた一言に二人は衝撃を受けた。

お礼を言いたいから、また、遊びに誘って。

それはつまり、オクタヴィアが確実にいる状況で、再びウォルフォード家を訪れないといけないということに他ならない。

そして、オクタヴィアは三歳の幼女だ。

当然、母親もついてくる。

王太子妃が。

「だから、また遊びに来てね。今度は僕の部屋も案内するよ」

本当は昨日案内するつもりだったのだが、シャルロットたちが乱入してきたので案内できなかったのだ。

シルベスタはそのリベンジがしたいと思っていたので、にこやかにそう言った。

もう、なるべく行きたくないと思っていたウォルフォード家への招待をこんなに早く受けることになるとは夢にも思っていなかったアレンとクレスタは「あ、ああ……」「はは……」と乾いた笑いを溢すことしかできなかった。

そんな二人を、シルベスタは不思議そうに見ていた。

そして。

そんなシルベスタを、険しい目で見ている同級生たちがいた。

それは、シルベスタがアレンたちに再度のウォルフォード家への誘いをした日の昼に起こった。

「おい、ウォルフォード」

昼休み、給食を食べ終わりトイレに行ったシルベスタは、帰りに複数の男子生徒に囲まれた。

それは同級生で、たしか伯爵家とか子爵家とかの子だったはず、とシルベスタは囲まれながらも冷静に観察していた。

「なに？」

シルベスタが冷静なのは、小さいころからシンに武術を習っているから。

仕事で忙しいシンの代わりに、クリスティーナやミランダ、時には元剣聖ミッシェルまでシルベスタを鍛えた。

シンの二の舞にする気かとメリダは苦言を呈《てい》したが、ウォルフォード家の子供である以上危険は付いて回るということで、護身術として今も習っている。

初等学院の一年生に囲まれても、特に怖いとは思わないのだ。

なので冷静なのだが、囲んでいる同級生が妙にニヤニヤしているのが気になる。

一体なんなのかと改めて問《と》い質《ただ》そうとして、衝撃的な言葉を投げかけられた。

「おい、お前。ウォルフォード家の本当の子じゃないくせに、偉そうにすんなよな」

その言葉を聞いた瞬間、シルベスタは思考が止まった。

「……え？」

放心し、それだけを呟いたシルベスタに対して、囲んでいた同級生から笑い声が響いた。

「だっせー！　知らなかったのかよ⁉」

「俺たちは知ってるぞ！　お前は魔王様と聖女様の養子だって！　拾われっ子のくせに‼」

「そんな奴が、王族と仲がいいアピールとか、生意気なんだよ！」

口々にそう罵《ののし》ってくる同級生たちの言葉が、シルベスタの心を深く抉った。

生意気と言われたことが、ではない。

自分が、父シンと母シシリーの子供ではないという言葉がだ。

そして、今まで疑問に思っていなかったけれど、シャルロットとショーンのことを思い出した。

シャルロットは父であるシンに似た黒髪と顔立ちをしている。

最近顔立ちがハッキリしてきたショーンは、母であるシシリーに似た青髪と顔立ちをしている。

そして、自分はどうか？

どちらにも似ていない銀髪、顔立ちもあまり似ていない。

今まで両親に愛されて育ってきた自負があるので、疑いもしなかった。

もし、それが本当なら……。

シルベスタは、ショックで蒼褪《あおざ》めた。

それを見た同級生たちは、溜飲《りゅういん》が下がったのか「分かったか！」「身の程を知れよ！」「拾われっ子が！」と口々に捨《す》て台詞《ぜりふ》を吐きながら去って行った。

しばらく放心していたシルベスタだったが、やがてヨロヨロとした足取りで教室に戻った。

「ん？　遅かったなシルバー……おい、どうした⁉」

教室に入ると、やっと帰ってきたとアレンが声をかけ、尋常ではないシルベスタの様子に声を荒らげた。

「え？」

「え、じゃねえよ！　お前、顔真っ青じゃねえか！」

アレンがそう言うと、クラス中の視線がシルベスタに集まった。

その視線の中には、さっきシルベスタに暴言を吐いた生徒たちのものもあり、彼らはニヤニヤと笑っている。

だが……。

「シルバー君⁉　大丈夫⁉」

「大変！　すぐに救護室に行かなきゃ‼」

「わ、私が連れて行ってあげる‼」

女子生徒たちが大騒ぎになってしまい、ニヤニヤ笑っていた同級生たちの顔はすぐに引きつることになった。

「悪いけど、救護室には俺が連れて行く。もしかしたら早引けさせるかもしれないから、誰かシルバーの荷物を持ってきてくれないか？」

アレンがシルベスタに肩を貸しながらそう言うと、今度は女の子たちによるシルベスタの荷物争奪戦が始まった。

その様子を見ていたシルベスタに悪態《あくたい》を吐いたクラスメイトは（なんで貰われっ子があんなにモテるんだよ！）と内心で憤りまくった。

そして、シルベスタがモテるのは、魔王シンと聖女シシリーの子供だと皆が思っているからだと結論付けた。

間違いは正してやらないと。

彼らは、それが真実だと信じ込んでいた。

やがてシルベスタを救護室に運び、その様子から早退させた方がいいと判断した救護室の医師の判断により、ウォルフォード家に連絡が行き、迎えの馬車に乗ってシルベスタは早退した。

それを見届けたアレンと、争奪戦を勝ち抜いた女子生徒は「シルバー、大丈夫かな？」「おいたわしいですわ、シルバー君……」といった会話をしながら教室に戻った。

教室に入ると、主に女子生徒たちがシルベスタの様子を聞くためにアレンと女子生徒を囲んだ。

そのとき、教室に大きな声が響いた。

「みんな騙されるな‼　シルベスタはウォルフォード家の養子なんだ！　貰われっ子なんだよ‼」

そう叫ぶ同級生の声に、さっきまで騒いでいた一同が静かになった。

「シルベスタはウォルフォードって名乗ってるけど、あいつは魔王様と聖女様の本当の子じゃない！　アイツをチヤホヤする必要なんてないんだ!!」

そう叫んだ同級生は、実に満足そうな顔をしていた。

皆の間違いを正してやった、正義の行動を成した。

その思いと達成感で一杯だった。

だが周囲を見回したとき、同級生たちの反応は自分の思っていたものと違っていた。

皆から、冷ややかな視線を向けられていたのである。

特に女子からは、軽蔑と嫌悪の視線を向けられている。

なんで？

そう思ったが、その理由はすぐに判明した。

「は？　そんなの知ってるけど？」

「シルバー君が養子なのは有名な話だよねえ」

「魔人王戦役で生き残った『奇跡の子』でしょ？　凄いよね！」

「旧帝都でただ一人生き残っていたシルバー君を魔王様と聖女様が保護されて、自分の子として育てたんでしょ？　なにが問題なのよ？」

「っていうか、シルバー君が魔王様と聖女様のお子様だとか関係ないし！　シルバー君はシルバー君だから素敵なのよ！」

「なに勘違いしてんの？」

シルベスタを慕う女子たちから、そんな有名な話も知らなかったのかと、侮蔑《ぶべつ》の視線と言葉を受けると、今度は男子生徒が声をあげた。

「そもそも、養子のなにが悪いんだ？」

「貴族家だって、後継ぎがいない場合に親戚の家から養子を貰うことがあるだろ？」

「え？　お前の家って、養子を貰われっ子とか言って差別してんの？」

「マジかよ？」

貴族家の子供が多いここアールスハイド初等学院において、養子は割とありふれた話である。

それなのにこんな差別的な発言をするのかと、男子は軽蔑の視線を向けた。

「え……え……」

予想とは違う結果に、シルベスタに暴言を吐いた同級生たちは狼狽した。

予想外の事態にオロオロしている生徒は複数人いて、それを見たアレンはピンと来た。

こいつらは、さっきシルベスタが戻ってくる直前に教室に入ってきた奴らだと。

そして、そのあとに入ってきたシルベスタは様子がおかしくなっていた。

「お前ら……」

アレンは、怒りが抑えきれなかった。

「ひっ……」

「シルバーになにかしやがったな⁉」

「え、え……」

「正直に言え‼　お前ら、シルバーになにしやがった‼」

アレンは、先ほど大声でシルベスタを貰われっ子と罵倒《ばとう》した生徒の胸倉を摑《つか》み、顔を寄せて怒鳴り散らした。

侯爵家のアレンの怒りを買い、伯爵家や子爵家の子供である彼らは震えあがった。

「あ……う……」

アレンの怒りに触れ、まともに言葉を話せなくなった彼らをしばらく睨み付けていたアレンだったが、あることに気付くと、摑んでいた胸倉を離した。

その場に尻もちをつき、腰が抜けたのか立ち上がれない生徒を、アレンは汚物でも見るような目で見下ろした。

「このことは父上に報告する。お前らの家に抗議が行くだろうな。それと……」

アレンは顔を顰《しか》めて言った。

「救護室に行って着替えを貸してもらってこい」

そう言うと、尻もちをつき、アレンの怒りに震えて漏らしてしまった生徒の側から離れた。

アレンは「シルバーのやつ、大丈夫かな……」と早退した親友のことが気がかりでならなかった。

この教室で一番の高位貴族であるアレンが、有名だが身分は平民のシルベスタを擁護したことで男子生徒たちからは尊敬の目を、女子生徒からは……。

「シルバー君とアレン君ってやっぱり……」

「友情？　それとも……」

「きゃあ！　明日から二人を見る目が変わってしまいそうですわ！」

そんな恐ろしい会話をされていたことなど、アレンは知る由《よし》もなかった。

◆

「あー、ようやく落ち着いてきたかなあ」

アルティメット・マジシャンズの事務所で、自分の席に座りながら俺はそう呟いた。

ダームのことは、エカテリーナさんを初め各国の上層部があとを引き継いでくれたので俺がすることはもうない。

アールスハイド国内での事業では色々と役職を抱えてしまっているけど、そのほとんどが軌道に乗り、俺がなにかしなくても動くようになってきた。

俺の今のところの仕事は、各決裁くらいのものである。

アルティメット・マジシャンズの実働部隊として派遣されることも少なくなり、ようやく落ち着くことができ始めていた。

今日の分の決裁書類にサインをした俺は、事務所を見回した。

事務所も、事務員が増員されたことで人口密度は増したけど、一人一人の業務負担は少なくなったので落ち着いた雰囲気になっている。

優秀な事務員さんたちの仕事ぶりをうんうん言いながら見ていると、俺の無線通信機が鳴った。

「はい、シンです」

この時間に通信機が鳴るということは、仕事でトラブルがあったのかもしれない。

そう思って出たのだが、かけてきたのは意外な相手だった。

『あ、シン君。お仕事中にすみません。シシリーです』

現在育休中で家にいるシシリーからだった。

「ああ、ちょうど一段落ついたところだったから大丈夫だよ。どうした？」

『そうだったんですね。あの……』

そう言ってシシリーが切り出した話に、俺は眉を顰《ひそ》めた。

「シルバーが？」

『ええ。学院から体調不良になったって連絡が来て早退してきたんですけど……治癒魔法をかけても良くならなくて、どうしたらいいのか……』

シシリーは聖女と呼ばれるほど治癒魔法に長《た》けた魔法使いだ。

そのシシリーの治癒魔法で回復しない。

しかも、それが我が子であるということで、心配になって俺に連絡してきたということだった。

「シシリーの治癒魔法が効かなかったのか……」

『はい……なので、シン君ならなにか分かるかと思って……』

通信機から聞こえてくるシシリーの声は、心配と不安からとても弱々しい。

当然、俺もシルバーの様子が気になる。

「分かった。今のところ急ぎの仕事もないし、俺も早退するよ」

『すみません……迷惑かけちゃって』

「家族のことで迷惑もなにもないよ。それじゃあ、すぐに帰るから」

『はい。よろしくお願いします』

通信を終えた俺は、すぐにカタリナさんに声をかけた。

「カタリナさん」

「はい。どうしました?」

今や、アルティメット・マジシャンズ事務所の事務員代表みたいになっているカタリナさんは、すぐに俺のところに来てくれた。

「今シシリーから連絡があって、シルバーが体調不良で早退してきたらしい」

「まあ、シルバー坊ちゃまが⁉」

「うん。それで、シシリーの治癒魔法が効かないらしくて、心配だから早退して様子を見てくるよ」

俺がそう言うと、カタリナさんだけでなく、事務所全体が騒然となった。

「せ、聖女様の治癒魔法が効かない⁉」

「そんな……まさか、不治の病ですか⁉」

「まさか……そんな病が存在するなんて……」

うーん。

シシリーの聖女としての信頼度が半端じゃないのがよく分かるな、これは。

彼女の魔法でも治癒しない病気や怪我は、もうどうしようもないという認識なのだろう。

実際、そんなことないんだけどね。

「まあ、そういうことなんで、後はよろしく頼みますね」

「あ、はい……どうか、お気を落とされませんように」

カタリナさんが悲痛な顔でそう言ってくるので、ちょっと不安になってきた。

なので早速ゲートを開いて自宅に戻る。

自宅に戻ると、俺の姿に気付いたマリーカさんが駆け寄ってきた。

「旦那様！」

「ただいまマリーカさん。シルバーは？」

「お部屋でお休みになられています」

「そう。シシリーも？」

「はい。お側に付いておられます」

「分かった」

俺はそう言うと、シルバーの部屋に向かった。

シルバーの部屋の扉をノックすると、中からシシリーの声で返事が聞こえた。

そっと扉を開けると、中にはベッドで横になっているシルバーと、ベッドの横に置いた椅子《いす》に座っているシシリーと、その膝《ひざ》の上に座っているシャルがいた。

「ぱぱ‼」

俺の姿を見たシャルがシシリーの膝から飛び降り、俺のもとに駆け寄ってきた。

「ぱぱ！　おにーちゃんがしんじゃう！　おにーちゃんをたすけて！」

シャルは、悲しみに顔を歪《ゆが》め涙をボロボロ流しながら俺に懇願してきた。

大好きなお兄ちゃんが心配でしょうがないんだろう。

俺はシャルを抱き上げ、安心させるように背中をポンポンと叩いた。

「大丈夫。パパが助けてあげるから」

「ほんと？」

「ああ。だから、安心しなさい」

俺がそう言うと、シャルは涙をゴシゴシ拭《ふ》いて「うん！」と言って頷いた。

ベッドで横になっているシルバーに近付き、シシリーに状況を訊《たず》ねる。

「身体に異常は？」

「それが……全身くまなく調べてみても、どこも悪いところはないんです。でも、明らかに顔色が悪いし体調も良くなくて……」

シシリーは治癒魔法を使う前に、俺が教えたスキャンの魔法で患部《かんぶ》を調べることができる。

今やその精度は相当なものになっていて、シシリーが異常を見つけられないというなら身体に異常はないのだろう。

ということは……。

「シルバー、起きてる？」

俺が声をかけると、ベッドで横になっていたシルバーがもぞもぞと身体を動かし、こちらを向いた。

その顔色は青白く体調が悪いのが一目で分かる。

これは、なにがあったのか早急に調べる必要がある。

なので俺はシルバーに問いかけた。

「学院でなにか……嫌なことでもあった？」

身体的に異常がないとなると、原因としては精神的なものだと思われた。

なので、学院でシルバーがこんな状態になるような出来事があったに違いない。

そう思って訊ねたのだけど、どうやら図星だったようでシルバーがビクリと身体を震わせた。

俺は、シルバーの気を静めようとベッドに座りシルバーの頭を撫《な》でた。

その瞬間、シルバーの身体が硬直した。

「シルバー？」

「……」

まるで、俺を拒絶するかのようなその反応に驚き、シルバーに声をかけるが反応がない。

これは、無理に聞き出すのは悪手だなと考え直し、ただひたすらシルバーの頭を無言で撫でる。

シシリーも、シャルまでも空気を読んで大人しくしていて、しばらく無言の時間が流れる。

しばらくそうしていると、ようやくシルバーの身体から力が抜け、こちらを向いた。

「……おとうさん」

「ん？　どうした？」

なにかを訴えたい。

けど、言えないといった表情で俺を見るシルバー。

すぐに問い質したいけど、ここで焦っちゃいけない。

俺は、シルバーが話したくなるまで頭を撫でながらジッと待った。

すると、ようやく決心がついたのか、シルバーが話し出した。

「おとうさん……僕……おとうさんの子じゃないの？」

……そういうことか。

魔人王戦役を生き延び、俺とシシリーに引き取られた奇跡の子。

シルバーが俺とシシリーの実子じゃないことは、世間的によく知られている事実である。

しかし、俺とシシリーが登場する物語は恥ずかしくてシルバーたちには読ませていないため、シルバーはその事実を知らない。

俺とシシリーのことを父、母として慕《した》ってくれているシルバーにとって、その事実は重いものであるので告げる時期については慎重になっていた。

「……誰から聞いたんだ？」

「学院の同級生から……貰われっ子のくせに調子に乗るなって言われた……」

「……」

どこのクソガキだ、ソイツ？

どうしてやろうか……。

「お、おとうさん？」

「……ぱぱ、こわい」

「あ、ごめん」

俺がそのクソガキをどうしてやろうかと考えていると、子供たちが怯えてしまった。

ふう、いかんいかん。相手は子供なんだ。

ここは、そんな教育をした親に厳重な抗議を……じゃなくて、まずはシルバーのことだ。

「シルバー」

「……」

俺が声をかけると、シルバーは無言で俺をジッと見た。

俺は、一つ息を吐くとシルバーに告げた。

「確かに、シルバーは俺とシシリーの子供じゃない」

「！」

俺がそう言うと、シルバーは顔を歪め目に涙を浮かべた。

ショックだろうな。

だから、俺もシシリーも告げるタイミングを図っていたのに……。

しかし、知られてしまったのはしょうがない。

俺は、世間で知られているシルバーの事実を教えることにした。

「いいかい、シルバー。実は、シルバーが俺たちの子じゃないってことは……世間の人はほとんど知ってるんだ」

「……え？」

シルバーにとっては衝撃の事実なのだろうが、実は世間一般にはよく知られていることだと知り、目を見開いた。

「世間には、お父さんたちの本が出回ってるの知ってるだろ？」

「うん。おとうさんとおかあさんが、恥ずかしいからって読ませてくれない本」

「あー、まあ、そうなんだけど。実はその本に赤ん坊のときのシルバーも出てきてるんだよ」

「……え⁉」

今度はビックリした顔になるシルバー。

そりゃ驚くよな。自分の知らないうちに、知らない自分が本に登場してるなんて。

俺は、その本に書かれている……事実とは少し違う、世間で知られている話をシルバーにした。

瀕死の母……ミリアからシルバーのことを託されたことは、正直に伝えた。

赤ん坊にシルベスタと名付けたこと。

幸せにしてほしいとお願いされたこと。

それを、シシリーが快諾し、自分の子として育てると決意したこと。

それに、俺も同調したこと。

以降、俺とシシリーは、全力でシルバーを育ててきたことを告げた。

俺が話している間、シルバーはジッと俺の話を聞いていた。

「シルバーは赤ちゃんだったから覚えてないと思うけど、シルバーの実のお母さんはシルバーのことを愛していたよ。俺たちは、そのバトンを受け取ったんだ」

「……」

シルバーは、学院で『貰われっ子』と言われて傷付いたようだった。

なら、シルバーは貰われっ子などではない、ちゃんとシルバーを愛していた母親から、自分の死の間際にシルバーを幸せにしてほしいと託されたのだと、そう伝えるのが重要だと考えた。

俺の話を聞いたシルバーは、さっきまでの俺たちを拒絶する空気ではなく、なにかを考えるような顔になった。

恐らく、俺の話をシルバーなりに消化しようと考えているんだろう。

「なあ、シルバー」

「……なに？」

「俺たちは……パパとママは、シルバーのパパとママじゃなかったか？」

「そ、そんなことないよ！」

俺の質問に、シルバーは思わずといった形で否定してくれた。

良かった。

俺たちは、シルバーを実の子として育ててきた。

その愛情は、シルバーに必ず届いていると、そう確信していた。

だからこそ、そう訊ねた。

これで「ちょっと違う」とか言われたら、数日落ち込む自信があるわ。

シルバーは、思わず叫んだことが恥ずかしくなったのか、顔を赤くして俯いた。

ずっと父と母だと思っていた人物がそうではないと知らされて、落ち込んで混乱していたんだろう。

それが体調不良として表に出てしまっていたんだと思う。

その証拠に、今はシルバーの顔色は随分《ずいぶん》と戻ってきている。

んー、でも、まだ迷いみたいなのも見える。

ここは、最後の一押しをしておくか。

「なあ、シルバー、知ってるか？」

「なに？」

「パパと、じいちゃんとばあちゃんな」

「うん」

「血が繋がってないんだぜ？」

「‼　うそだ‼」

俺の告白を聞いたシルバーが、正に驚愕といった表情で叫んだ。

シルバーが俺たちと血が繋がってないってことより驚いてない？

安心させてやろうと思ってした告白だったけど、なんか釈然《しゃくぜん》としないな……。

すると、俺たちを見ていたシシリーがクスクス笑い、シルバーの頭を撫でた。

「不思議でしょう？　でも、本当のことなのよ？」

「え？　本当に？　本当に本当のことなの⁉」

「ええ。パパが赤ん坊の頃にね、魔物に襲われた馬車の中から、マーリンお爺様が唯一の生存者だったパパを拾って育てたの」

「ほ、本当なんだ……あんなにそっくりなのに……」

ええ？　そんな言うほどそっくりか？

「じゃ、じゃあ、エカテリーナお婆ちゃんは？」

「それも違うな。じいちゃんとばあちゃんの娘でもないし、俺の本当の両親は、どこの誰だか分からないんだ」

「そんな……」

シルバーはそう言ってまた落ち込んでしまった。

これは、エカテリーナさんが本当のお婆ちゃんじゃなくて残念な顔なのか、俺の両親が誰だか分からないことがショックなのだろうか？

……両方かな。

「俺も、シシリーも、じいちゃんもばあちゃんも、エカテリーナさんも、皆シルバーのことを実の子だと、孫だと、曽孫《ひまご》だと思って育ててきた。そのことは伝わってるだろ？」

「……うん」

「なら、なにも問題はない。シルバーは、シルベスタ＝ウォルフォードは俺とシシリーの息子で、エカテリーナさんの孫で、マーリン爺さんとメリダ婆ちゃんの曽孫だと、そう胸を張っていればいいさ」

俺がそう言い切ると、シルバーは少し躊躇《ためら》ったあと、上目遣いになって俺たちを見上げてきた。

「……いいの？」

おずおずとそう言ってくるシルバーに、俺はキュンキュンしてしまった。

「ああ！」

「もちろんよ！」

「わぷっ」

シシリーも俺と同じだったようで、シルバーを思い切り抱きしめた。

俺も、そんな二人をまとめて抱きしめた。

子供を二人産んで、ますます豊満になった胸に埋もれてシルバーが苦しそうにしているけど、ちょっと我慢してもらおう。

血は繋がってなくても心は、絆は繋がっていたことが再確認できたことが嬉しいんだから。

そうやって三人で抱きしめ合っていると、不満の声があがった。

「しゃるもー‼」

「「え？」」

いつの間にか椅子の上に立ち上がっていたシャルが、俺たち目掛けてダイビングしてきた。

「うおわっ！」

幼児だからか、後先など考えずに、文字通り飛び込んできた。

慌てて飛んでくるシャルをキャッチすると、その頬はパンパンに膨らんでいた。

「こら、シャル！　危ないだろ！」

「おにーちゃんだけずるい！　しゃるもぎゅってする‼」

俺の注意も聞かず、プイッと顔を逸らしながらそう言うシャル。

シャルそっちのけで、三人だけで抱き合っていたから嫉妬したんだろう。

いかにも怒ってますという表情でそっぽを向くシャルが可愛くて、思わず笑いが零れる。

「なあ、シャル」

「……」

返事がないけど、まあいいか。

「シャルは、お兄ちゃんのこと、好きか？」

俺がそう言うと、さっきまでの不機嫌顔はどこへ行ったのか、キョトンとした顔で俺を見たあと、シルバーを見た。

そして、シャルを捕まえている俺の手から身を捩って脱出し、シルバーに抱きついた。

「わあっ！」

ベッドの上に身を起こした状態でシャルに抱きつかれたシルバーは、支えきれずに押し倒された。

そのシルバーを押し倒した張本人はというと、シルバーの胸に頬ずりをしたあと、ニカッと笑って言った。

「だいすき‼」

そのあまりにも純粋なシャルの叫びに、シルバーは一瞬呆気《あっけ》に取られた顔をしたが、すぐにその表情は笑みに変わった。

「シャル」

「ん？」

「僕も、シャルのこと好きだよ」

「にへへ」

大好きなお兄ちゃんに好きと言われたシャルは、嬉しそうな顔をして笑っていた。

そんなシャルの様子を確認したシルバーは、今度は俺たちの方を向いた。

「……おとうさん」

「ん？」

「おかあさん……」

「なあに？」

俺たちを呼んだあと、少し俯くシルバー。

その頬が、段々赤くなっていく。

そして……。

「……だいすき」

「しゃるも！」

シルバーは真っ赤な顔をして言い、シャルも追随した。

かっわ……！

ウチの子たちが死ぬほど可愛いんですけど⁉

その可愛さに再びやられたシシリーが二人まとめて抱きしめ、その上から俺が抱きしめた。

親子四人でぎゅうぎゅうになって抱きしめ合う。

その光景に、シャルは笑い、シルバーは照れ、俺とシシリーはあまりの幸せに微笑んだ。

そのとき、近くの部屋からショーンの泣き声が聞こえてきた。

「しょーんがないてる！」

最近、すっかりお姉ちゃんになったシャルがそう叫ぶと、シシリーは抱擁を解除して立ち上がった。

「あらあら、仲間外れにされたって泣いてるのかしら？」

シシリーは、クスクスと笑いながらそう言ってショーンのいる部屋へと向かった。

「ええ⁉　しょーんをなかまはずれになんてしないよ！　おにーちゃん！　いこっ‼」

シャルはそう言うと、シルバーの手を取った。

「……もう大丈夫か？」

シャルに手を引っ張られ、ベッドから起き上がったシルバーは俺を見てニコッと笑った。

「うん」

その顔を見て、もう大丈夫だと、そう確信した。

「はやく！」

「分かったから、引っ張らないでよ」

急《せ》かすシャルと、それを宥めるシルバー。

今までと変わらない、いつも通りの光景。

俺も二人のあとを追って、ショーンの部屋へとたどり着いた。

そこでは、シシリーがショーンに母乳を与え、それをシャルが興味深そうに見つめていた。

シルバーは、母とはいえ女性の胸を見るのは恥ずかしいのか目を逸らしているが、シシリーの側にいる。

それは、とても穏やかで、幸せな光景だった。

この光景は、シルバーが自分の境遇を受け入れ、乗り越えたことで得られたもの。

この上なく貴重な光景に思えた。

さて……本当は、こんな不意打ちじゃなく、ちゃんとした場を設けて告知しようと思っていたんだよなあ。

こんなことをやらかした奴ら……どうしてやろうか？

とりあえず、抗議しとくか？

◆

シルベスタが早退した翌日、アレンは登校した教室で不機嫌な顔をし、シルベスタの席の横で腕を組んで立っていた。

席に着いているシルベスタは困惑顔である。

なぜなら、彼らの前に昨日絡んできたクラスメイトたちが揃って頭を下げていたからである。

「その……すまなかった、ウォルフォード」

「ご、ごめん……」

謝罪を口にするクラスメイトたちは、どこか納得していない表情をしている。

心が籠もっていない。

こんな形だけの謝罪に意味があるのか？

そんなことを思っていたが謝罪してきたのも事実。

それにシルベスタがなにも言わないから、アレンが口を出す話でもない。

なのでアレンは不機嫌なのだ。

そもそも、このクラスメイトたちがシルベスタに謝罪しているのはそれぞれの父に叱責されたため。

昨日のうちにアレンから父ウェルシュタイン侯爵に学院での出来事が報告され、先日ウォルフォード家に招かれ、ウォルフォード信者になっていたウェルシュタイン侯爵が激怒。

シルベスタに絡んだ子の家に直々に通信を入れたのだ。

ちなみに、シンはシルベスタに絡んだ子がどこの子か聞き出せなかったため抗議してなかった。

ともかく、ウェルシュタイン侯爵は『お宅では養子のことを貰われっ子と言って差別しているのか？　しかもそれを、奇跡の子であるシルベスタに向かって言うなど言語道断。今後の付き合いも考えねばならない』と抗議した。

突然そんなことを格上であるウェルシュタイン侯爵直々に言われた各家の当主たちは驚き、当家ではそんな差別は行っていない、とにかくことの真偽を確かめるので待ってほしいと言い、息子たちを呼び出した。

そして、息子たちがウォルフォード家の養子であるシルベスタに対し、明らかに差別する発言をしていたことが発覚。

当主は烈火のごとく怒り、中には手をあげられた子もいた。

それからすぐにウェルシュタイン侯爵に折り返し連絡をし、息子には厳重注意と厳しい再教育をすることを約束し、どうにか侯爵の怒りを治めてもらい、息子には学院に行ったら誠心誠意謝ってこいと命令した。

なので、彼らは朝一でシルベスタに頭を下げたのだ。

登校してきてすぐにこの状況になったシルベスタは、盛大に困惑しているので苦笑しか浮かんでこない。

サラッと謝ってどっかに行ってくれれば良かったのに、シルベスタの隣で仁王立ちして彼らを睨んでいるアレンがいるので、許可が出るまで頭を下げっ放しなのだ。

どうしようかと悩んだシルベスタだったが、とにかく自分がなにか言わないと治まらないと考え、思い切って口を開いた。

「えっと……別にもう気にしてないから、いいよ」

「……本当か？」

「うん。だから、もう頭上げて。アレンも、そんなに睨まないでよ」

シルベスタは頭を下げているクラスメイトに声をかけて頭を上げさせたあと、隣でずっと睨んでいるアレンにも声をかけた。

アレンは、ムスッとした顔をしながらもシルベスタに応えた。

「……お前はそれでいいのか？」

「確かに昨日はショックだったけど、それについては解決したし、解決したことをこれ以上責めるのも可哀想でしょ」

シルベスタがそう言うと、アレンは長い息を吐いた。

「まあ、お前がそれでいいんなら……」

「うん、ありがとうアレン」

「いや。それよりお前たち」

「「はい！」」

自分たちより高位のアレンに冷たい目を向けられながら声をかけられたクラスメイトたちは、内心で震えながら直立不動で返答した。

「シルバーが許すって言っているからこれ以上追及はしない。だが、お前たちの考えはアールスハイド貴族としてあってはならない考えだ……二度はないぞ？」

「「は、はい!!」」

「もういい。散れ」

「「はっ！」」

侯爵家嫡男として教育を受けているアレンの睨みは、とても初等学院一年生、齢《よわい》六歳の少年のものではなく、アレンの指示通りにパッと散っていった。

その様子を見ていたアレンは、改めてシルベスタに向き直った。

「シルバー、本当にこんな簡単に許して良かったのか？」

「うん、いいよ。それに、昨日のことならもう大丈夫。おとうさんとおかあさんに、本当のことを教えてもらったから」

それを聞いたアレンは、さっきまでの不機嫌顔はどこにいったのか、興味津々な顔をした。

「そ、それって、物語の内容を本人から直接聞いたってことか⁉」

「え、あ、うん。そうなんだけど……アレンは、僕がウォルフォード家の養子だって知ってた？」

「ああ。有名な話だからな」

「やっぱり、そうなんだ」

世間ではシルベスタがシンたちの養子であることは有名……だとは昨日聞いたが、アレンのあまりにもアッサリした言い方に本当なんだと実感した。

「僕、全然知らなくて」

「あー、そういえば、お前シン様たちの物語、読んだことないって言ってたな」

（え⁉）

アレンの言葉に、二人の会話に耳を傾けていたクラスメイトたちは耳を疑った。

幼い頃から当たり前のように読んできた物語を、当事者の息子が読んだことがないなんて信じられない。

クラスメイトたちの心が一つになった瞬間だった。

「でも、おとうさんたちの言うことも分かるよ。なんか、僕の赤ん坊のころの話も載ってるんだよね？」

「え？　ああ、確かに、物語の最後の方に出てくるな。魔人領で唯一《ゆいいつ》生き残っていた男の子で、その母親がシン様たちに赤ん坊を託すって話」

「僕も、自分が出てくる話は、恥ずかしくて人には見せたくないかな……」

シルベスタはそう言いながらアレンを見る。

当然ながらアレンもクラスメイトたちも、それこそ本が擦り切れるほど読んでいる。

クラスメイトたちは、シルベスタと同じクラスだと知った瞬間、あの物語に出てくる男の子と同じクラスだと密かに興奮していたのだった。

ちなみにアレンもその一人である。

先日、アレンとクレスタが遊びにきたときにその本は皆読んでいると聞かされていたため、恥ずかしいと思いつつも、もう手遅れであるとシルベスタは諦めている。

「昨日ね、おとうさんからそのときのことを聞いたんだ」

シルベスタのその言葉に、聞き耳を立てているクラスメイトたちの身体が自然とシルベスタとアレンの方に近寄っていく。

皆、興味津々なのだ。

「僕を産んだおかあさんは、命懸けで僕を護ったって。僕の事をお願いしますっておかあさんに託したんだって。だから僕は、貰われっ子なんかじゃないって。おとうさんとおかあさんの本当の子だって言ってくれたんだ」

そう言うシルベスタの顔には無理をしている感じはなく、アレンはそこでようやく本当の意味で安心した。

安心しつつ、アレンはシルベスタの様子をよく観察する。

たった一日でシルベスタの雰囲気が少し大人びたように感じる。

実際、そのシルベスタの雰囲気に、クラスの女子たちは「ほぅっ」と見惚れている。

自分たちにとっては既に知っていることで、それも他人事なのだが、当事者としてはそういう訳にはいかないだろう。

それを乗り越えたシルベスタに、精神的に大きくなったような印象を受けた。

「それにしても、やっぱりシン様は凄いな。簡単にシルバーを立ち直らせちゃうんだから」

「うん、おとうさんは凄いよ」

そう言うシルベスタの顔には、シンへの尊敬の念が溢れていた。

アレンは、自分の父親をそんな風に尊敬できるのは凄いなと思う。

自分も、父のことは尊敬しているが、畏《おそ》れている面もあるし、疎ましく思う面もある。

まあ、それも先日のウォルフォード家訪問以降薄れてきているが……。

純粋に父を尊敬できるシルベスタとシンの関係を、アレンはちょっと羨ましく思う。

そんなアレンに顔を寄せて、シルベスタはまるで知られてはいけない秘密を告白するように囁いた。

なんだろう？　そう思ったアレンもシルベスタに顔を寄せた。

「ねえ、知ってた？　おとうさんも、マーリンお爺ちゃんの本当の孫じゃないんだって」

「え？」

どんな秘密を聞かされるのかと身構えていたアレンは、思わず硬直した。

「お前、そのことも知らな……ああそうか。その話は『新・英雄物語』の一巻に書かれてたんだっけ」

「そんなに何冊も出てるの⁉」

「ああ。シン様の幼少期……賢者様に拾われて魔法の手ほどきを受けるところから、王太子殿下との出会いや、仲間の皆様との出会い。ああそれから、シシリー様との出会いや恋愛模様なんかも書かれてるぞ？」

アレンの言葉を聞いたシルベスタは、彼にしては珍しく嫌そうに顔を顰めた。

「両親の恋愛模様は知りたくないな……」

養子とはいえ、両親で間違いない二人の恋愛模様は、子供としてとても受け入れられるものではなかった。

「なにを言っているのですか‼」

すると、それまで口を挟んでこなかったクレスタが二人の会話に乱入してきた。

「シン様とシシリー様の恋物語はアールスハイドの……いえ、全世界の女の子たちの憧れなんですよ⁉　そんなご両親に育てられたシルバー君のことが皆羨ましくて仕方がないというのに！　当の本人がそんなことを仰るなんて‼」

普段のクレスタからは想像もできない熱弁振りに、シルベスタもアレンも完全に引いている。

「はっ⁉　わ、私としたことが……」

二人の様子を見て我に返ったクレスタが、顔を真っ赤にしてしおしおと俯いた。

「あ、ああ、いや、うん。クレスタさんがおとうさんとおかあさんのことを尊敬してるのはよく分かったよ」

「あう……」

「クレスタにそんな一面があったとはな……」

シルベスタが苦笑しながらクレスタをフォローすると、アレンがごく自然に真っ赤になって俯いているクレスタの頭を撫でた。

「ほら、もう気にしないで顔を上げろ」

「……」

「クレスタ？」

アレンに頭を撫でられてますます顔を真っ赤にしているクレスタが、顔を上げられるはずもない。

　そのことに気付かないアレンはクレスタの顔を覗き込んだ。

「ひゃうっ！」

「クレスタ！　お前、顔が真っ赤じゃないか！　熱があるのか⁉」

　ここでその定番の台詞かよ！

　と、様子を窺っていたクラスメイトが心の内で叫んだ。

　その様子にシルベスタは苦笑しながらアレンに声をかけた。

「クレスタさんは大丈夫だから。とにかく、ちょっと離れたら？」

「なんだと⁉　なんでお前にクレスタの体調が分かるんだよ⁉」

「いや……僕だけじゃなくて、皆分かってると思うけど……」

　嫉妬なのか本当にクレスタが心配なのかは分からないが、分かったようなことを言う
　シルベスタにアレンが嚙みつく。

　しかしシルベスタは、呆れた顔をしながら周囲を見回すだけだった。

「え？」

　シルベスタの視線を追い周囲を見回すと、皆「うんうん」と首を縦に振っていた。

「え？　なんで？」

「あ、あの……アレンしゃま……」

勇気を振り絞ってアレンの名前を呼んだクレスタが噛んだ。

ますます赤くなるが、頑張って言葉を紡ぐ。

「ほ、本当に大丈夫ですから。なので、その……あたま……」

「え？」

そこでアレンは、ようやく自分が無意識にクレスタの頭を撫でていることに気付いた。

「わあ！　す、すまない！」

「い、いえ！」

お互いに真っ赤になって俯き合う二人。

その二人を、シルベスタも含めたクラスメイトたちは生温かく見守っていたが、シルベスタが妙案を思い付いた。

「あ、クレスタさん。そんなにおとうさんとおかあさんの話が聞きたいなら、また家に遊びにきて直接聞いたらいいんじゃない？　アレンも一緒にさ」

「「はあっ⁉」」

シルベスタの発言に、さっきまで赤い顔をして俯き合っていたアレンとクレスタが、二人揃ってシルベスタの方を見た。

とても息が合っていた。

「ほら、ヴィアちゃんがまた二人を誘ってって言ってたし、ちょうどいいじゃない」

「ちょうどいいってお前……」

「王女殿下からの誘いをちょうどいいって……」

シルベスタからの提案に、そういえば断れない招待があったことを思い出した二人。

しかもそれを切っ掛けにしてシンとシシリーに話を聞けばいいとか言う。

さっきまでいい雰囲気だった二人は、今度は二人揃って暗い顔で俯き合う。

その光景にシルベスタは首を傾げ……。

「あれ？　僕、なにか変なこと言った？」

と言った。

この場面をシンの知り合いが見ていたらきっとこう言うだろう。

『シルバー君は、シン君にそっくりだね』と。

◆

「いらっしゃい、アレン君、クレスタさん」

とある休日、シルバーの友達であるアレン君とクレスタさんがまた遊びに来てくれた。

なんでも、ヴィアちゃんが遊んでくれたお礼を言えなかったと残念そうにしていたので連れてきたそうだ。

王女様なのに、ヴィアちゃんはちゃんとお礼を言える子に育っているのだなと感心してしまった。

なので、ウチに来てまず初めにしたことは、幼児たち四人によるお礼だった。

「「「「あそんでくれてありがとう!!」」」」

幼児が四人横に並んでお礼を言う姿はとても可愛らしく、その光景に胸を撃ち抜かれたそれぞれの母親たちがクネクネと悶えている。

……なにやってんだ。

「いえ、王女殿下に楽しんでいただけてなによりです」

「光栄ですわ」

それに比べて、アレン君とクレスタさんのしっかりしていること。

まあ、アレン君たちはシャルたちと歳も近いから幼児の行動に悶えるなんてことはないだろうけど、それにしても微笑みを浮かべながらお礼を受け取る所作がとても綺麗だ。

そういえば、ウォルフォード家は平民だからとシルバーにはそういった教育は行っていないけど、そういうのも必要なんだろうか？

シルバーの教育方針について考えていると、幼児たちはまた揃って声をあげた。

「「「「きょうも、あそんでください！」」」」

そう言われた瞬間、さっきまで微笑みを浮かべていた二人の顔がそのまま引《ひ》き攣《つ》った。

幼児四人の相手はしんどいからなあ。

そんな顔になるのも分かる。

正直申し訳ないなと思いつつも、このパワフルな幼児たちの相手をしてもらえるのはありがたいのでお願いしようとしたとき、シルバーが先に幼児たちに言った。

「ごめんね。今日、クレスタさんはおかあさんたちとお話がしたいんだって」

「「え⁉」」

アレン君とクレスタさんは異口同音に声をあげたが、表情は正反対だ。

アレン君は絶望したような、クレスタさんは喜色満面の表情をしていた。

それにしても、クレスタさんがシシリーの話を聞きたい？

「あら、いいですよ。どんなお話をしましょうか？」

「いいんですか⁉」

シシリーも俺と同じ感想を持ったようで、クレスタさんに了承しつつどんな話が聞きたいのか訊ねると、クレスタさんは目を輝かせた。

「僕たちはこっちで遊ぼうか。それとも、大人の話、聞く？」

「「「こっちで遊ぶ‼」」」

シルバーはクレスタさんがシシリーと話をしたいというのを知っていたので、子供たちを引き連れて行った。

アレン君も一緒に。

「できれば、シン様のお話も伺いたいです！」

「え、俺？」

「はい！」

シルバーが子供たちを引き連れて離れていくのを見ながら「空気の読める子になったなあ」と感心していると、なぜか俺の話も聞きたいと言い出すクレスタさん。

どういうこと？

そう思っていると、クレスタさんは肩から掛けていたカバンからあるものを取り出した。

俺とシシリーは、それを見て顔が引き攣る。

「この本に書かれている、シン様とシシリー様の恋物語を伺いたいのです‼」

クレスタさんが取り出したもの、それは主に俺のことが書かれている書籍『新・英雄物語』。

この本には、俺とシシリーの出会いからお付き合いに至る過程。果ては結婚に至るまでが書かれている。

しかも、編集がアールスハイド王家なので情報提供はオーグ。

かなり正確な情報が公開されてしまっている。

俺たちが、この本を読みたくない理由の最たるものである。

それをクレスタさんは話してほしいという。

……どんな拷問だ、それ。

「あら、面白そうですわね」

クレスタさんの申し出にどうしようと頭を抱えていると、エリーが近寄ってきた。

「私もお二人の恋愛模様を側で見ていた一人なので、話に参加させて頂きますわ」

そう言うエリーの顔は、実に楽しそうだ。

くそ、この似たもの夫婦め！

こういうときの顔がオーグにそっくりだ！

「え、ええ⁉　ひ、妃殿下も参加されるのですか⁉」

「あら？　私が同席してはいけませんの？」

「い、いえ！　めめめ、滅相《めっそう》もございません！」

急遽《きゅうきょ》エリーが参加することになってクレスタさんが驚いているが、エリーの言い方はまるでクレスタさんを咎めているように聞こえる。

実際、クレスタさんはエリーの言葉に真っ青になってしまっている。

「ダメですよエリーさん。クレスタちゃん怖がってるじゃないですか」

そこに救いの手を差し伸べたのはオリビアだ。

オリビアは真っ青になっているクレスタさんに近寄ると、よしよしと頭を撫でた。

「大丈夫ですよクレスタちゃん。エリーさんのアレは、自分が恋バナに参加できないかもしれないって残念がってるだけですから」

そう言ってニッコリ笑うオリビア。

すると、ますますクレスタさんの顔が青くなる。

「あれ？」

安心させてあげようとしたオリビアだったが、ますます青くなるクレスタさんを見て首を傾げている。

俺も首を傾げる。

なんでだ？

「あ、あの！」

クレスタさんは、真っ青な顔のままオリビアに話しかけた。

「はい？」

「オ、オリビア様！　妃殿下にそのようなことを仰って大丈夫なのですか⁉　ふ、不敬罪とか……」

「「え？」」

ふけいざい？

俺とオリビアは揃ってキョトンとしてしまった。

しかしエリーは「ああ」と納得した顔をしていた。

「問題ありませんわ。この人たちと何年付き合っていると思って？　今更私に対して不敬だなんだと言うような関係ではありませんわ」

「エリーさん、私たち以外お友達いませんもんねえ」

「オリビア、あなたねえ……」

王太子妃エリーに軽口を叩く平民のオリビア。

その光景にしばしポカンとしていたクレスタさんだったが、次第に顔色が元に戻っていった。

「ね、だからクレスタちゃん、私たちも仲間に入れてくれないかなあ。私とエリーさんは二人のことずっと近くで見ていたから、クレスタちゃんの知りたいことも教えてあげられるかもしれないよ？」

オリビアはそう言うと、そっとクレスタさんに耳打ちした。

「アレン君と、もっと仲良くなりたいんでしょう？」

オリビアがそう言うと、クレスタさんはさっきとは反対に真っ赤になった。

「な、ななな、なんでそれを！」

オリビアの言葉は、どうやら図星だったらしい。

メチャメチャ噛んでいる。

「ふふ、私とエリーさんは、旦那さんが幼馴染みなんですよ？　いわば、幼馴染み恋愛のエキスパートです」

そう言ってオリビアは胸を張る。

「ちょ、ちょっとオリビア。それって、私たちのこともお話ししないといけませんの？」

俺とシシリーの話にちょっかいを入れるだけのつもりだったらしいエリーが慌てているが、オリビアはニコッと笑った。

「いいじゃありませんかエリーさん。幼い恋を応援してあげましょうよ」

オリビアがそう言うと、エリーはちらりとシルバーたちのいる方を見た。

シルバーとアレン君は、早速子供たちにまとわりつかれている。

それを見たエリーは「はぁ」と溜め息を吐いた。

「そうですわね。もしかしたら、私にも参考になる話が聞けるかもしれませんし」

エリーがそう言うと、クレスタさんは納得した顔をした。

「オクタヴィア王女殿下、シルバー君のこと大好きですものね」

「そうなんですの。我が娘ながら良い目の付け所ですわ」

エリーはそう言うと、大きくなったお腹を抱えるように椅子に座った。

同じく妊娠中期のオリビアも椅子に座り、クレスタさんもそれに続く。

「さて、それではシンさんとシシリーさんのお話から始めましょうか」

エリーがニヤッとしてそう話し始めるが、一人椅子に座らなかった人物がいた。

「私は、二人の恋愛事情についてはよく知らないので、子供たちの相手をしてきますね」

ただ一人座らなかったクリスねーちゃんは、そう言ってそそくさとこの場を離れた。

「あ、また逃げられましたわ」

エリーはそう言って残念そうにしていた。

さっきの話の流れから、俺とシシリーの話の次はエリーやオリビアの話にもなるんだろう。

そうなると、必然的にもう一組の夫婦であるクリスねーちゃんとジークにーちゃんの話もしないといけない流れになる。

それを事前に察知して逃げたようだ。

「まあ、いいですわ。それではクレスタさん、なにが聞きたいのですか？」

すっかり司会進行みたいになってるエリーに促されたクレスタさんは、持っていた本をペラペラと捲りだし、あるページで止めた。

「あ、あの！　まずはお二人の出会いのシーンから！」

「え？　そこから⁉」

「あら」

思わず聞き返してしまった俺と違い、シシリーはまんざらでもなさそうだ。

女子は恋バナが好きだとは思っていたけど……。

もしかしてこれは、出会いから今に至るまで延々と話をされるんじゃ……。

その俺の予感は的中し、クレスタさんは「このシーンは」「このときは」と質問し、シシリーが「そのときは……」「そこは創作ですね。実際は……」と裏話を披露する。

それにエリーやオリビアの補足も加わり、クレスタさんの目がメッチャキラキラしてた。

時折俺にも質問が投げかけられるので、おざなりにするわけにもいかず、俺はこの女子たちの恋バナにずっと付き合わされることになった。

ちらりとシルバーたちの様子を見てみると、子供たちはすでにリビングにはおらず庭に出ていた。

近衛騎士として復帰し、現在はエリーの警護を担当している現役騎士のクリスねーちゃんが子供たちの相手をしている。

子供たちはクリスねーちゃんに挑んではコロコロと転がされ、転がされる度にケタケタと笑い声をあげる。

シルバーとアレン君もそれに参加しており、たまに相手をしてもらっているシルバーは真剣な顔で、初めてクリスねーちゃんに挑んでいるアレン君はちょっと悔しそうな顔で何度もクリスねーちゃんに挑んでいる。

あっちは楽しそうでいいなあ。

そうやって現実逃避をしているとクレスタさんから「シン様はこのとき、どんなことを思ってらっしゃったのですか？」と本に記載されている自分の恋模様についての解説を求められるという地獄のような拷問に引き戻された。

「え、えーっと……これはちょっと誇張されてるかな……」

「え、そうなんですか？」

「ですねえ。このときのウォルフォード君は……」

「え？　そうなんですの？」

俺の回答に残念そうな顔をしたクレスタさんにオリビアが補足し、初耳だったエリーが詳細を訊ねる。

俺もシシリーも、さっきから苦笑が顔から離れない。

はぁ……俺もシルバーたちの相手をしたい……。

◆

シルバーが友人たちを連れてきた数日後、ウォルフォード邸を訪ねてきている人物たちがいた。

「へえ、そんなことがあったんだ。あのシルバー君の友達がねえ。もう色恋沙汰に興味を持つ歳になったのかあ」

しみじみとした口調でそう言うのはアリスである。

「ねぇ。ちょっと前まで赤ちゃんだったと思ったのになぁ」

アリスと同じような口調でそう言うのはユーリだ。

二人とも初めての出産を終え、現在は産休中。

一般的な成人女性より小柄なアリスの出産は危険を伴ったが、安定期に入っていたシシリーが全力でサポートをしたことにより無事に出産した。

アリスが産んだのは、両親譲りの金髪でアリスによく似た顔立ちの可愛らしい男の子で、スコールと名付けられた。

初めて見る人は、大抵女の子と間違えるくらい可愛らしいと評判である。

ユーリが産んだのは、夫であるビーン工房の職人であるモーガンに似た顔立ちの女の子で、アネットと名付けられた。

こちらはおっとりした雰囲気のあるユーリにはあまり似ておらず、赤ん坊ながらキリッとした顔をしている。

二人は、初めての子育てに四苦八苦しており、既に二人を育て、現在三人目の赤ん坊を育てているシシリーのもとによく避難してくるのである。

「子供の成長なんてあっという間ですよ。ウチも日に日にヤンチャになって困ります」

こちらも出産間近で産休中のオリビアが大きなお腹を抱え、リビングからある方向を見ながら溜め息を吐いた。

そこには、アリスの子スコール、ユーリの子アネット、そしてシシリーの子ショーンの三人が同じベビーベッドに寝かされていた。

そして、その赤ん坊三人よりも少し年長の幼児たちがベビーベッドを取り囲み覗き込んでいた。

「あかちゃん、かわいいねえ」

「うん」

オリビアの息子マックスと、クリスティーナの息子レインがスヤスヤと眠っている赤ん坊を見てそう言った。

そう言っている当人もまだ三歳で大人からすれば可愛い幼児である。

その幼児が赤ん坊を可愛いと言っている姿に、母親たちは悶えそうになるのを必死に我慢していた。

「しょーん、びあおねえさまですわよ」

「だから、おねーちゃんはしゃるだってば！」

可愛らしい男の子たちの横で、オクタヴィアとシャルロットの女の子二人は、あまり可愛くない会話をしていた。

「ここにシルバーのお友達よりも早熟な子がいましたわ」

三歳の幼女に似つかわしくない発言をしたオクタヴィアの母エリザベートの言葉に、一同苦笑いをしてしまっていた。

「オクタヴィア王女殿下がシルバー君のことを好きなのは見て分かりますが、シルバー君の方はどうなんですか？　シシリーさん」

近衛騎士団所属であり、王太子妃エリザベートの護衛兼ママ友であるクリスティーナがシシリーに訊ねると、シシリーは「うーん」と考え込んだ。

「そうですねえ、今のところはシャルと同じ妹って感じじゃないでしょうか？　この年頃の三歳差は結構大きいですから、シルバーからしてみれば恋愛対象外なんだと思います」

「ですわねえ。もしシルバーがヴィアのことを恋愛的な意味で好きだと言ったら、正直ドン引きしますわ」

「ですね。なので、今のところはあまりそういうことを意識しないようにさせてます。そのうち、お年頃になったら自然と意識するんじゃないですかね？」

「ただまあ、その間にシルバーが余所見《よそみ》をするといけませんので、ヴィアからのアピールはさせるつもりですけれど」

なんとなくシルベスタの様子が気になっただけのクリスティーナだったが、思いの外シシリーとエリザベートの母二人がシルベスタとオクタヴィアをくっつけることに本気であった様子が窺い知れてしまった。

「そこまで本気だったのですね……」

「まあ、最終的には本人の意思が最優先ですけれど。ヴィアの母としては、あの子の初恋を応援してあげたいというのが本音ですわ」

「シルバーの方が三歳年長なので、もしかしたらヴィアちゃん以外の子を好きになってしまうかもしれませんけど……私としても、できればヴィアちゃんと一緒になってくれると嬉しいですね」

先に母親になっている同級生二人が、すでに子供の恋人のことまで考えていることに、新米母であるアリスとユーリは驚きを隠せない。

「はぁ～……もうそんなことまで考えてんの？」

「私なんて、育てることに精一杯でそんなこと考える余裕なんてないわぁ。そういえば、オリビアはそういうこと考えてないの？」

「私ですか？」

急に話を振られたオリビアは、ベビーベッドを覗き込んでいる我が息子を見てから言った。

「まだ三歳ですよ？」

「そのまだ三歳の娘の、将来の恋人のことを考えてるエリーがいるから聞いてんじゃん！」

「えぇ……そう言われても……エリーさんもシシリーさんも貴族令嬢ですから、そういうの考えるのが早いんじゃないですか？　ウチは平民なので、そんなこと考えたこともないですよ」

オリビアのその言葉に、同じく平民であるユーリと、今は貴族夫人だが元は平民であるアリスはようやく納得した。

平民は幼いころに結婚相手を見つけるなんてことはしないのだ。

「なんか納得した。だからシシリーもエリーも幼児のうちから将来のことを意識してるんだ」

そう言うアリスに向け、シシリーは「ふふ」と微笑んだ

「まあ、幼いころに親同士で婚約者を決めるというのは古い風習ですけどね。ただ、お付き合いする人は結婚する人ですよとは言われていましたね」

アールスハイドでは、貴族ですら自由恋愛が主流となっており、政略結婚は古い考えであるとされている。

ただ、婚姻による家同士の結び付きは一族を繁栄させるために有効な手段であることは間違いなく、政略結婚自体がなくなったわけではない。

「でもアリスお義姉様、他人事ではありませんよ。将来スコール君がどんな女の子と付き合うことになるのか慎重に見極めないと。アリスお義姉様の血筋を取り込みたいという人は多いのですから」

「お義姉様はやめてよ。でも、そうだね。クロード子爵家のこともあるし慎重にいかないと……」

そう言って真剣に考え込み始めたアリスを見て、クスクス笑う者がいた。

「あのアリスが、子供の将来のことを考えるようになるとはねえ」

この場にいて唯一まだ子供のいないマリアが揶揄うようにそう言った。

以前この二人は、自分たちに彼氏などできるのか？　ましてや結婚などできるのだろうか？　と真剣に悩んでいた時期がある。

それが二人とも結婚し、一人はもうすでに子供を産んだ。

悩んでいた当時からは考えられない現状に、マリアは感慨深いものを感じていたのだが、アリスはそうではなかった。

「笑いごとじゃないんだよ！　マリアんとこだって子供ができたら同じことで悩むんだからね！　マリアの旦那、エルス大統領の息子じゃん！　もっと大変なんだぞ！」

「……そうなのよねえ」

マリアが結婚したのは、エルス大統領の息子でありアルティメット・マジシャンズの事務員であるカルタス。

エルスの大統領は選挙制であるため、現大統領であるアーロンの任期が満了すればゼニス家は大統領一家ではなくなる。

「カルタスは大統領に立候補しないって言ってるから、権力のない平民になると思ってたんだけどなあ……」

「……そんなわけありませんわね」

不貞腐《ふてくさ》れたように言うマリアに、エリザベートは呆れた目を向けた。

元大統領一家というのは、大統領でなくなれば一市民に戻るかといえばそうでもなく、政治に関する発言力は強いまま。

つまり、社会的地位も高いままなのである。

そんなゼニス家の息子と結婚したマリアが産む子供も、相手は慎重に選ばないといけない。

「そういえばさ、オリビアは関係ないって顔してるけど、今やビーン工房ってアールスハイド王都一大きい工房でしょ？　マックスってそこの跡取りになるんだから、やっぱり気にしないと駄目でしょ」

マリアの言葉に、オリビアはハッとした顔をした。

「……今気付きました」

「そんな気がしたわ」

つい数年前まで、オリビアは街の食堂の娘、夫であるマークの実家の工房も、評判は良かったものの一工房であった。

オリビアの実家は今でも変わらないが、嫁いだ先のビーン工房は、今や本店のある工房だけでなく、王都郊外に大規模な工場まで持っているアールスハイド王都一と言われる規模の工房に成長している。

オリビアは工房の経営には携わっていないため、その辺りには疎かった。

「正直さあ、そういうの関係ないのって、ここにいる中だとユーリのとことクリスお姉様のとこだけじゃない？」

「ですねぇ。気楽でいいですぅ」

「ウチは……」

「くりすおばちゃーん」

子供の将来について悩み事が友人たちより少なそうだとユーリはホッとしながら答え、クリスティーナが答えようとしたとき、マックスから声がかけられた。

「どうしました？」

「れいん、ねちゃった」

「……」

皆で赤ん坊の寝顔を見ていたと思ったら、いつの間にか自分だけ寝落ちしていた我が息子を見たクリスティーナは、レインを抱き上げて昼寝スペースへと連れて行ったあと戻ってきた。

「……ウチは、そもそも、あのマイペースな子に相手ができるのでしょうか……」

相手の素性がどうこうより、そもそも相手ができるのかと不安そうなクリスティーナを前に、誰もなにも言うことができなくなってしまうのだった。

「だ、大丈夫ですよ！　レイン君、クリスお姉様に似て可愛らしいお顔をしていますし！」

「だといいんですけど……」

クリスティーナの息子レインは、顔立ちはクリスティーナにそっくりである。

ただ、性格は母であるクリスティーナのように真面目というわけでもなく、かといって父であるジークフリードのように軽薄なわけでもない。

なんというか、摑みどころのないマイペースな性格をしているのである。

「それにしても、子供って色々なのね」

そんな子供たちを見ながら、マリアが急にそんなことを言いだした。

「ヴィアちゃんってまんま小さいエリーじゃん？」

「そうですか？」

「そうよ。マックスは素直そうなところとかマークそっくり、でも気配り上手なとこはオリビアそっくりね」

「えへへ、ありがとうございます」

「シャルは……」

マリアはそう言うと、赤ん坊を見るのに飽きたのかオクタヴィアの手を引いて玩具スペースへと突進していくシャルロットを見た。

「……王族相手にも遠慮しないところは完全にシン譲りね」

「ですねえ」

娘が夫に似ていると言われて、シシリーは嬉しそうに頬を緩める。

「そこは喜ぶところじゃない気がするけど……でも、あの天真爛漫《てんしんらんまん》さは誰に似たのかしら？　シシリーは昔から大人しかったわよ？」

マリアはそう言うと、唯一シンの幼少期を知っているクリスティーナに目を向けた。

「どうでしょうか？　例の件がありますので、シンの幼少期はあまり参考になりませんね。魔法のことでやりすぎる以外は落ち着いた子でしたし」

シンに前世の記憶があることは、身内と認められているクリスティーナとジークフリードにも話してあった。

「あぁ、そっかぁ。ということは、誰もシンの本当の子供の頃のことは知らないのか」

「ですね。ですが、まぁいいではありませんか。子供が皆親と同じ性格になるとは限りませんし。マーリン様とシンを見てください。血の繋がりはないのにソックリですよ。要は育つ環境ではないのですか？」

「そういえば」

クリスティーナの言葉を受けて、シシリーがなにかを思い出したように声を発した。

「最近、シルバーの言動がシン君に似てきたんですよね」

シシリーのその言葉に、全員の言葉が失われた。

「もう魔道具の起動は苦もなくできるようになってますし、むしろ魔法を教えてもらえないことに不満を持ってるみたいです。クリスお姉様やミランダさんに剣術の稽古《けいこ》をつけてもらっているのも、親戚のお姉さんに相手してもらっている感覚ですし、王族の方はお友達って思ってるみたいです」

シシリーの報告に一同絶句する。

確かに、幼少期より魔法は使えずとも魔道具は使いこなせるようになっていたり、元騎士団のアイドルであるクリスティーナや、次期剣聖候補とも言われているミランダから稽古をつけてもらっているのも、剣聖ミッシェルに稽古をつけてもらっていたシンに重なる。

なにより、王族を友達扱いである。

「……血が繋がってないのに、シンの経歴を聞いてるみたいね……」

「やはり環境……育てる人に似るのですね。でしたら、なぜレインは……」

「ま、まあ、それはさておき、シルバー君ってシン君二世って感じだよね。そのうち『あれ？　なんかやっちゃった？』とか言いそう」

悩むクリスティーナの言葉を遮って発したアリスの言葉で、笑いに包まれる一同。

だが、母のシシリーだけは悩まし気な顔で頬に手を当てていた。

「もう、学院で言ってそうな気がします……」

その一言に、皆微妙な顔で沈黙してしまった。

そんな皆を見て、アリスがポソッと呟いた。

「なんか……シルバー君世代も大変なことになりそうな気がするよ」

その言葉は、皆の心に驚くほどすんなりと落ちていくのであった。

第二章　子供たちの可能性

その日、アールスハイド初等学院はここ数年にない緊張感に包まれていた。

教職員はソワソワと落ち着きがないし、生徒やその父母も緊張で固くなっていた。

なぜ生徒だけでなくその父母まで学院にいるのか？

それは、今日がアールスハイド初等学院の入学式の日だからである。

しかし、入学式に参加するために学院に来たというのに、誰一人会場である講堂に入る者はいない。

なぜなら、彼らはある人物の登場を待っているからだ。

その人物より後に来るような不敬はできないと、ほぼ新入学生の全員が集まっていた。

貴族や裕福な平民が通うこの学院では、完全実力主義の高等魔法学院とは違い、身分による序列が存在しているのである。

緊張感に包まれる学院に一台の馬車が到着した。

その馬車を見るなりさらに身体を固く緊張させる父母たち。

その父母を見て、子供も緊張する。

なぜ馬車を見て貴族である大人たちが緊張するのか？　それは、入ってきた馬車には金龍……つまり王家の紋章が刻まれていたからだ。

教職員や生徒、父母たちが待っていたのはこの馬車だった。

馬車の扉が開き、成人男性が降りてくる。

王太子アウグストである。

その姿を確認した教職員と父母と生徒は一斉に頭を垂れた。外であるため、膝をついたりはしない。

続いてアウグストにエスコートされて降りてきたのは王太子妃エリザベート。

そして、その二人に手を取られてアールスハイド王国王女、オクタヴィアが馬車から降りてきた。

「皆の者、面《おもて》を上げよ」

アウグストがそう言うと、頭を垂れていた全員が頭を上げる。

そして、王太子一家を尊敬の眼差しで見つめるのであった。

その様子を見たアウグストは小さく溜め息を吐いた。

「……堅苦しいな」

「駄目ですよオーグ。貴方は王太子なのですから、ちゃんと威厳を保って頂きませんと」

「おとうさま。ちゃんとしてくださいませ」

「……分かっている」

王太子一家は小声でやり取りをしているため会話の内容は聞き取れないが、ただでさえ滅多にお目にかかれることのない王太子一家が会話をしているだけで感動してしまう。

中には涙を浮かべている者さえいた。

そんな感動を露にする教職員、生徒一家一同にアウグストは声をかけた。

「皆、楽にしてくれ。今日は我々の子が初等学院に入学するという素晴らしい晴れの日だ。この良き日に堅苦しい挨拶《あいさつ》など不要。存分に子供たちの門出を祝ってやろうではないか」

その言葉に、生徒や父母たちは、自分たちの入学は王太子に祝福されていると感じ、またも感動するのである。

そんな感動に打ち震える生徒や父母を見て、オクタヴィアは誇らしい気持ちになった。

自分の父は皆に敬われている素晴らしい人物なのだと、改めて実感したからである。

そんな誇らしい気持ちで集まっている人たちを見ていたオクタヴィアだったが、それは次の瞬間すぐに吹き飛んだ。

王太子一家の後に数台の馬車が入ってきたからである。

集まっている一同は咎めるような視線で入ってきた馬車を見つめた。

王太子一家より後に入ってくるなど、なんと不敬なのか。

そんな気持ちが視線に籠もっていた。

そういった視線に晒《さら》されながら馬車が止まると、開いた扉から一人の少女が飛び降りてきた。

「わあ！　もうみんな集まってる！」

「こら、シャル！　危ないから先に出ちゃ駄目って言ってるだろ！」

「シャル！　もう！　お淑《しと》やかにしなさい！」

一同は、親のエスコートを受けず飛び降りた少女を侮るような目で見たが、続いて降りてきた父親らしき男性と母親らしき女性を見てその目を見開いた。

降りてきたのは『英雄』『魔王』『神の御使い』と様々な二つ名で呼ばれる現代最高の英雄、シン＝ウォルフォードと『聖女』と名高いシシリー＝ウォルフォードだったからだ。

そして、その英雄と聖女は結婚し子を設けていることは知られている。

ということは、先に降りてきたあの少女は英雄と聖女の娘！

王家よりも後に到着するとは何事だと思っていた一同は、その考えを一気になくしてしまった。

「ええ？　大丈夫だよ。あ！　ヴィアちゃん！」

シャルと呼ばれた少女シャルロットは、オクタヴィアの姿を見つけると一目散に駆け寄った。

「おはよー！　やっぱりその制服似合ってるね！」

オクタヴィアに駆け寄り手を取りながら嬉しそうに挨拶をするシャルロットに、オクタヴィアは一瞬呆れたような顔をしたがすぐに笑みを浮かべた。

「おはようございますシャル。シャルも似合ってますわよ？」

「えへへ、そう？　やっぱそう思う？」

「自分で言いますのね」

「だって、パパもママもおじいちゃんもおばあちゃんも似合ってるってほめてくれるんだもん」

シャルロットの言う人物は、間違いなく英雄、聖女、賢者、導師だろう。

出てくる名前の豪華さに、集まっている一同は眩暈がしそうになった。

英雄と聖女の娘で、賢者と導師の曾孫《ひまご》。

市井に流れる噂によると、英雄シン＝ウォルフォードは教皇エカテリーナの隠し子であるという。

つまり教皇の孫。

どんだけ豪華な親族なんだ！　と貴族家から見れば無作法《ぶさほう》ともとれる行動を取ってい

るシャルロットのことを、まるで天上人を見るような目で見ていた。

そんなシャルロットのもとに、新たに駆け寄る小さな影が二つ。

「シャルちゃん、待ってよ！」

「……眠い」

シャルロットを追いかけて駆け寄るのはマックス、欠伸《あくび》をしながら近寄るのはレインである。

「あ、オーグおじちゃん、エリーおばちゃん、こんにちは！」

「……ちわ」

マックスがシャルロットとオクタヴィアの側にいるアウグストとエリザベートに対し、おじちゃん、おばちゃんと言ったことで、集まった一同の間で一気に緊張感が増した。

王太子殿下と王太子妃殿下をおじちゃん、おばちゃんと呼ぶとは何たる不敬なのか‼

子供とはいえ、敬愛する王族に対しそのような態度を取る人物に、特に王家の忠実なる臣下《しんか》である貴族家の人間は怒りにも似た感情を抱いた。

しかし。

「ふふ、こんにちはマックス、今日も元気ね」

「……レインは、もうちょっとしゃんとできないのか？」

おじちゃん、おばちゃんと言われた当の王太子夫妻は、マックスとレインと呼ばれた子供にまるで親戚の子にするような態度で接している。

もしかして、彼らも王家に近い有力者の子供なのでは？

そう考えていると、子供たちを追いかけるように二人の母親が近寄ってきた。

その二人を見た一同は、ようやく納得した。

「ああ、殿下、エリーさん、すみません。こら、マックス、先に行っちゃだめでしょ！」

「……レイン。あなた、もうちょっと元気に振る舞いなさい」

その母親は、おそらくアルティメット・マジシャンズの中で一番顔が知られているであろう、元石窯亭《いしがまてい》の看板娘で、現ビーン工房の若奥様であるオリビアと、かつて騎士団のアイドルと言われ、若くして国王陛下の護衛を務めていたクリスティーナだったからだ。

王太子アウグストが副長を務めるアルティメット・マジシャンズに所属する両親と、幼少期からアウグストを知っている近衛騎士の子であれば、あの気安さも納得できた。

「ようオーグ。いい天気になって良かったな」

諸々の疑問が晴れたところで口を開いたのは、今世最高の英雄と呼ばれ、祖母導師メリダの意思を継ぎ市民の生活を向上させる魔道具を生み続ける、アールスハイド国民であれば貴族であれ平民であれ憧れてやまない人物。

シンがアウグストに、気安く語りかけていた。

「ああ、子供らの門出に相応しい日だ」

「それには同意しますけど、なんスか？　この集まり」

「なんか、メッチャこっち見てますけど……」

アウグストに続いて会話に入ってきたのは、レインの父であるジークフリードとマックスの父であるマークである。

「ああ、私たちを出迎えてくれたようだ」

そういうアウグストに対し、シンは感心したように一同を見回した。

英雄シン＝ウォルフォードの視界に入った一同は、先程のアウグストの時以上に身を固くした。

「へえ、スゲエな。敬われてるじゃん、王家」

「……なんだろうな。お前に言われると素直に喜べんな」

「なんでだよ」

楽し気に話しているシンとアウグスト。

それはまるで、シンの軌跡《きせき》を記した書物『新・英雄物語』にある親友アウグストとの語らいの一幕のようで、見ている者の心に感動が芽生える。

そんな一同の心情など知る由《よし》もなく、シンたちは子供たちに意識を向ける。

「いつまでもこんなとこにいないで、早く講堂に行こうぜ。もうあんまり時間ないんじ

ゃないの？」

「そうだな。諸君、そろそろ講堂に移るとしよう。そうしないと、先生方も困るだろうしな。ヴィア、シャル、マックス、レイン、そろそろ行くぞ」

「「「はぁーい」」」

アウグストは、シンや子供たちと連れ立って講堂に向かって行ってしまった。

そして、その場に取り残された一同はというと……。

（あ、入学式、まだだった）

王家、英雄、その子供たちの団欒《だんらん》を見せつけられてお腹いっぱいになり、入学式のことをすっかり忘れてしまっていたのだった。

アールスハイド初等学院の入学式は滞りなく終了し、新入生たちは教室に移動した。

ここからは保護者と別れ、子供たちだけでの行動になる。

貴族や、平民でも良家の子供である新入生たちは、親や使用人たちに囲まれていることが常であるため、親から離れることに不安そうな顔をしている子がほとんどだ。

親たちの方も、離れていく子供たちのことを心配そうに見ているが、中でも一際心配そうな顔をしている親がいた。

「シャルの奴、大人しくしてるだろうか……」

「シルバーのときはそんな心配はなかったんですけどねえ……」

シャルロットの両親であるシンとシシリーである。

心配されているシャルロットの方はといえば、オクタヴィアに楽しそうに話しかけている。

オクタヴィアは最初アウグストとエリザベートから離れることに不安そうな顔を見せていたが、シャルロットに話しかけられたことで不安な気持ちよりシャルロットとのお喋りの方に気を取られたのか、もうそんな表情は見せていなかった。

「シャルがいれば、ヴィアは安心だがな」

「そうですわね。まあ、シャルの親であるシンさんやシシリーさんからしたら心配でしょうがないでしょうけど」

オクタヴィアの両親であるアウグストとエリザベートからすれば、娘の緊張と不安を解消してくれるシャルロットの存在がありがたい。

だが、シンとシシリーからすればシャルロットの読めない行動が心配でしょうがない。

入学早々騒ぎを起こさないといいけれど……。

そんな両親の心配などシャルロットは知る由もなく、同じクラスになったいつもの四人組で楽しそうに話をしていた。

担任教師の先導で教室に到着した生徒たちは、皆緊張しているのか大人しく指定された席に座っていた。

唯一《ゆいいつ》、シャルロットだけは物珍しそうに辺りをキョロキョロ見回していたが。

借りてきた猫状態の新入生たちを見た女性の担任教師は、皆を安心させるためにふわりと微笑《ほほえ》んだ。

「皆さん、入学おめでとうございます。私は皆さんの担任となるカトレア＝フォン＝イルマーレと言います。よろしくお願いします」

『よろしくおねがいしまーす』と、子供たちから返事がある。

その様子に満足そうに頷いたカトレアは、生徒たちを見回しながら話し始めた。

「さて、皆さんには初めにお話ししておかないといけないことがあります。この学院には、王族、貴族、平民と色んな人が通っています。身分を忘れて皆平等に……とはいきませんが、身分を笠《かさ》に着ることはしてはいけません。また身分を笠に着てはいけないということを逆手にとることもしてはいけません。わかりますか？」

カトレアの話は、新一年生には難しかったようで皆首を傾《かし》げている。

それもそうだろうなと思いつつ、カトレアは例を出して話し始めた。

「例えば、爵位が上の子が、爵位が下の子や平民の子を見下したり横柄《おうへい》な態度を取ったりしてはいけません。それを許してしまうと、特に平民の子はなにも言い返せず、まるで貴族の子の奴隷のようになってしまいますよね？」

　カトレアの言葉に、生徒たちは頷《うなず》く。

「だから、特に爵位の高い家の子たちは気を付けてくださいね。皆、同じ学院に通う仲間なのですから」

　その言葉に、このクラス、いや校内でも最高位の王族であるオクタヴィアが「分かりましたわ」と同意した。

　オクタヴィアが同意したことで、他の貴族の子たちも「はい」とか「わかりました」など次々と同意していく。

　その様子を、平民の子たちはホッとして見ていた。

　そんな平民の子たちを見て、カトレアは再び口を開いた。

「逆に、だからといって身分の低い子たちが身分の高い人たちに無礼を働いていい訳ではありません。それを許してしまうと、今度は身分の高い子たちが何も言えなくなってしまうでしょう？」

　カトレアがそう言うと「あ！　わたし、知ってる！」と一人が大きな声をあげた。

　シャルロットだ。

「『この学院では皆平等なのにぃ、平民だと差別するんですかぁ！　ひどぉ～い！』ってやつ！」

なぜか妙に語尾を伸ばし鼻につく話し方をするシャルロットに、皆がクスクス笑っている。

「そうそう、よく物語などで目にするシーンです。よく知っていますね？」

「この前、パパと観に行ったお芝居でやってた！　ああやってヒロインぶってる人のこと『ヒドイン』って言うんだって！」

そのシャルロットの言葉に、教室が笑いに包まれた。

「言い得て妙ですね。そうです。つまり、身分が下の子は身分が上の子を敬う。身分が上の子は下の身分の子を護る。つまり、皆さん仲良くしましょうねということです。わかりましたか？」

カトレアがそう言うと、子供たちは『はーい！』と大きな声で返事をした。

先ほどのシャルロットの発言で笑いが起こったため、大分緊張が和《やわ》らいだようだった。

「さて、今日は皆さんの自己紹介をしたら終わりにしましょう。それでは、そちらから順番にお願いします」

こうして子供たちの自己紹介が始まった。

一クラス分の自己紹介となると結構な人数になるので、一度で覚えきれるものではない。

ああ、なんとなくこんな子もいるな、という程度の認識が生まれるだけなのがほとんどなのだが、そんな中で一際目立ち、一度で顔と名前を覚えてもらえる子もいる。

「オクタヴィア＝フォン＝アールスハイドです。父は王太子であるアウグスト。ですが、私の友人は平民が多いですので、皆様も仲良くして頂けるとありがたいですわ」

アールスハイド王国王太子アウグストの第一子である王女オクタヴィアのことは、自己紹介をするまでもなく全員が知っていた。

その王女の友人に平民が多いということに、クラスメイトになった子供たちは驚いていたが、同時に希望も見出していた。

平民と友人になっているのなら、自分とも友人になれるのではないか？

特に男子には、オクタヴィアと仲良くなれば将来の王族の夫の地位も手に入るかもしれないという希望が生まれていた。

「マックス＝ビーンです。うちはビーン工房っていう工房をしています。みんなも良かったらお父さん、お母さんと一緒に買い物に来てくださいね」

マックスの自己紹介でもざわめきが起きた。

朝の一件で、彼がオクタヴィア王女殿下と懇意《こんい》なのは分かっていた。

だが、彼らの親はともかくクラスメイトたちはマークやオリビアの顔を知らなかった。

なので、どこの子だろうと思っていたのだ。

それが、ビーン工房の子だという。

ビーン工房といえばアルティメット・マジシャンズ代表であるシンとの交流も深く、王都民であれば知らない者はいないほどの大工房。

しかも、両親はアルティメット・マジシャンズのメンバーである。

そんな大工房の御曹司《おんぞうし》がクラスメイトにいるとは思いもしなかったのでざわついたのである。

「……レイン＝マルケスです。よろしく」

レインの自己紹介では、皆が「え？　それだけ？」と、別の意味で困惑した。

なんというか、やる気のなさそうな感じというかマイペースな感じというか、皆に名前を憶えてもらおうという気概を感じない自己紹介だった。

しかし、子供たちはレインもマックスと同様、オクタヴィアと仲良さそうにしていたところを目撃している。

彼も平民だけど名のある親の子に違いないと感じていた。

というのも、親の世代では有名なのだが、子供たちはレインの親であるクリスティーナとジークフリードのことを知らない。

あまりにも簡潔な自己紹介に、結局どこの子なんだ？　とクラスメイトたちを悩ませることになっていた。

そして、ついにクラスメイトたちが一番注目している生徒の番になった。

「シャルロット＝ウォルフォードです！　ヴィアちゃんと、マックスとレインとはお友達だけど、皆ともお友達になりたいです！　よろしくお願いします！」

シャルロットの挨拶は、まさに元気いっぱいという挨拶だった。

お淑やかに育てられる貴族の女子がこんな挨拶をしようものなら眉を顰《ひそ》められそうなものだが、シャルロットは平民であるし、なにより名乗った『ウォルフォード』という名の前には、全て霞《かす》んでしまった。

やっぱりそうだ！　ウォルフォード家の子だ！　魔王様と聖女様の子だ！

子供たちの思考はそれぞれそういった感情に支配され、シャルロットの振る舞いなど気にならなかったのだ。

産まれたときから読み聞かせられた英雄譚。

その生ける伝説であるシンの子が目の前にいる。同級生になれた。

どうにかしてお近づきになりたいと思考を巡らせる子供たちだったが、ただ一人そうではない子がいた。

こうして全ての生徒の自己紹介が終わると、カトレアは皆を見回した。

「はい。皆さん、ありがとうございました。一度では覚えきれないと思いますが、一年間同じクラスですので、仲良くしていればその内皆さん覚えるでしょう。今日はこれで終わりです。明日は、これからの予定をお話ししたあと、校内見学の予定ですので楽しみにしていてくださいね。それでは、保護者の皆様は講堂におられるので、戻って合流してください。それでは、さようなら」

カトレアはそう言うと教室を出て行ってしまった。

講堂はさっきまでいた場所。

さして複雑な順路でもないし、講堂自体は見えている。そこに戻るだけなので迷う心配もないだろうし、そもそも明日からは生徒たちだけで行動するのだ。

初等学院新入生に対するものとしては割と厳しい判断だが、この学院に通う生徒は貴族や裕福な商人の子ばかり。

それくらいできて当然、というスタンスなのである。

教師がいなくなった教室は、早速ざわめきに包まれた。

席が前後、隣になった者同士でお喋りをしだす子。

どうしていいか分からずオロオロする子。

色々いたが、教室を出て行こうとする子はいなかった。

皆、オクタヴィアやシャルロットとお近づきになれないかと機会を窺っているのである。

そのシャルロットは、カトレアが出て行ってすぐにオクタヴィアのもとへとやってきた。

「ヴィアちゃん、帰ろ！」

シャルロットのその言葉に、一同はザワついた。

『ヴィアちゃん』

畏《おそ》れ多くも王女であるオクタヴィアを愛称で呼んだ。

さすがウォルフォード家の娘。

親同士が親友なだけはある。

皆はそう納得したのだが……。

「ちょっとあなた‼」

一人の女生徒が目を吊り上げながらシャルロットに近付いてきた。

「え？　わたし？」

「そうですわ！　あなた、さっきの先生のお話を聞いていませんでしたの⁉」

女生徒はビシッとシャルロットを指差して叫ぶ。

「高位貴族……特に王族であらせられるオクタヴィア殿下は下の身分の者に横柄な態度は取れない。それを逆手《さかて》に取って愛称で呼ぶなど言語道断ですわ‼」

女生徒はそう叫ぶが、シャルロットはなぜ怒られているのか分かっていない。

「えー？　ヴィアちゃんはヴィアちゃんだよ？　ずっとそう呼んでるもん」

ヴィアをヴィアと呼んでなにが悪いのか？

物心ついたときからオクタヴィアと一緒にいるシャルロットはそれ以外の呼び方で呼んだことがない。

なので、女生徒の憤《いきどお》りに本気で困惑していた。

女生徒は、困惑している様子のシャルロットにますます怒りを感じたようで、顔を真っ赤にしながらさらになにかを言おうとした。が、それをオクタヴィアが遮った。

「ええっと、確か、アリーシャさんでしたか？」

王女オクタヴィアから名前を呼ばれた女生徒……アリーシャは、さっきまでの怒りはどこへやら、さっきとは別の理由で顔を赤くした。

「は、はい！　そうです！　アリーシャ＝フォン＝ワイマールです！　オクタヴィア王女殿下から名前を呼んでもらえるなんて……」

貴族の娘であるアリーシャは、王族であるオクタヴィアに名前を覚えてもらい、尚且つ呼んでもらえたことで感激し、目には涙まで浮かべている。

そんなアリーシャを見て、オクタヴィアは小さく微笑んだ。

それを見て、ますます感激するアリーシャにオクタヴィアが告げた。

「シャルとは、わたくしたちが赤ん坊のころからの付き合い。姉妹同然に育った仲なのです。なので、シャルからはヴィア以外の呼び名で呼ばれたことなど一度もありません。なので、大目に見てもらえませんか？」

アリーシャとしては、いくら親同士が親友とはいえ王族と平民である。

アールスハイド貴族の娘であるアリーシャにとって王族とは最も敬うべき相手であり、それがたとえ英雄の娘であったとしても愛称で呼ぶなど許されざる行為だった。

しかし、当の本人であるオクタヴィアからそう言われてしまえば、アリーシャとしてはそれ以上この件に異を唱えることはできない。

なので、アリーシャは唇を噛み締めながら「分かりました」とオクタヴィアの言葉に頷いた。

言葉とは裏腹に全く納得していなそうなアリーシャの様子を見て、オクタヴィアは少し困った顔をしてしまった。

だが、そんな顔をしたオクタヴィアに別方向から声がかかった。

「ヴィアちゃん、そんな顔しないで。いつも好き勝手やってるシャルに文句を言う子なんて今までいなかったんだから、いいことじゃない？」

「ヴィア、こういう子は貴重。シャルはおれたちの言うこと聞かないから」

マックスとレインは、天真爛漫《てんしんらんまん》と言えば聞こえはいいが好き勝手に動き回るシャルロットにいつも振り回されている。

両親や曽祖母《そうそぼ》たちは親族であるため、そういった行動をとるシャルロットに説教をしたりするが、それ以外の大人は親が偉大すぎるため遠慮して物申せない。

そんな中で、真正面からシャルロットの行動を非難してきたアリーシャは、マックスとレインにとってありがたい存在に見えたのだ。

だが、そう言われたアリーシャはというと……。

「な、な、なんですか貴方たち！　愛称呼びだけでなく呼び捨てですって⁉　一体どこの……」

怒りの形相《ぎょうそう》でマックスたちを見たアリーシャは、途中で言葉を止めた。

こちらを向いたまま微動だにしなくなったアリーシャを、マックスとレインは不思議そうに見ている。

なぜか固まってしまったアリーシャだったが、怒り心頭だった顔から段々怒りの表情が消え、なぜかアワアワしだした。

「ど、どうしたの？」

「大丈夫？　血管切れた？」

急に様子のおかしくなったアリーシャを見て、マックスは本気で心配をしているのが分かるが、レインもさっきから怒ったり感動したりしてずっと顔が赤かったアリーシャを見ていて、ついに血管が切れたか？　と分かり辛いが心配していた。

二人からそんな言葉をかけられたアリーシャは「き、切れてませんわ！」と顔を赤くしたまま叫んだ。

「そう、良かった」

「安心した」

大丈夫そうなアリーシャを見て、マックスとレインはホッと胸を撫《な》でおろす。

心配されたと理解したアリーシャは赤い顔のまま俯《うつむ》いてしまった。

そんなアリーシャにマックスとレインが近寄ってきた。

「えーっと、アリーシャさん？　僕はマックス。マックス＝ビーンです。よろしくね」

「レイン＝マルケス」

二人は改めてアリーシャに名前を名乗った。

「いやあ、シャルってすぐに突っ走っちゃうから、アリーシャさんみたいな子が友達になってくれると嬉しいんだけどな」

「ストッパー役、大事」

「わ、わたくしが、彼女の友達に？」

アリーシャは、マックスからの提案に驚いて顔を上げた。

「うん。さっきヴィアちゃんも言ったけど、僕ら赤ん坊のころからずっと一緒だからさ、シャルは僕らの言うことあんまり聞いてくれないんだよ」

「さっきのはすごかった」

「そ、そうですの……」

さっきまでの勢いはどこへ行ったのか、アリーシャはボソボソと返事をした。

「ま、まあ、あなたたちがそうおっしゃるのでしたら、お友達になってあげてもよろしくてよ！」

「え、アリーシャちゃん、わたしのお友達になってくれるの⁉」

さっきまで文句を言ってきていた相手が上から目線で言ってきたにもかかわらず、シャルロットは嬉しそうにアリーシャに詰め寄った。

「べ、べつに！　お二人から頼まれただけですし！　それに、あなたには色々と教えて差し上げないといけないこともありそうだからですわ‼」

満面の笑みで詰め寄ってきたシャルロットに、顔をそむけながらそう言うアリーシャ。

オクタヴィアには、アリーシャがシャルロットのことを認めていないのはすぐに分かった。

なのに、簡単にシャルロットの友達になることを了承した。

自分に近付きたいがための方便なのか、それとも……。

さっきのアリーシャの態度を見たオクタヴィアは、ニッコリと笑った。

「なら、わたくしともお友達ですわね」

「オ⁉　オ、オ、オクタヴィア王女殿下とぉ⁉」

急にアリーシャが壊れた。

敬愛するオクタヴィアに無礼《ぶれい》を働く輩《やから》を排除しようとしたら、なぜか自分がオクタヴィアの友人になった。

意味が分からず、アリーシャは混乱した。

「な、な、なぜ……」

「ふふ。さっきも言いました通り、わたくしとシャルは姉妹同然。いいえ、ゆくゆくは……」

「え？」

そこで言葉を切ったオクタヴィア。

ゆくゆくは、なに？

アリーシャはそう思ったが、オクタヴィアは自分から視線を外し、出入り口を見ている。

「ん？」

そこになにが？

そう思ったアリーシャが振り向くと、そこには上級生と思われる男子生徒が立っていた。

銀髪で、驚くくらい美形のその男子生徒は、教室内をキョロキョロと見回すと、自分たちの方で視線を止めた。

「あ、いたいた」

「え？」

誰？

そう思ったのも束《つか》の間《ま》、その正体はすぐに判明した。

「あ！　おにーちゃ「シルバーおにいさま‼」あうっ！」

最初に声をあげ駆け出そうとしたシャルロットを押しのけ、オクタヴィアが男子生徒のもとへと駆け出していった。

「やあ、ヴィアちゃん。入学おめでとう」

「ありがとうございます、シルバーおにいさま！　もしかして、ヴィアにお祝いを言いに来てくれたのですか⁉」

「うん、それもあるけど、皆で一緒に帰ろうかと思ってね」

その男子生徒……シャルロットの兄であるシルベスタがそう言うと、オクタヴィアは満面の笑みで頷いた。

「はい！　一緒に帰りましょう！」

「ちょっとヴィアちゃん！　突き飛ばすなんてひどいよ‼」

「あら？　ごめんなさいシャル。見えてませんでしたわ」

「もう！　おにーちゃん、シャルにもおめでとうは？」

「はいはい、入学おめでとうシャル」

シルベスタはそう言うと、シャルロットの頭をガシガシと撫でまわした。

「うひゃ！」

アリーシャは、その光景を見ながら考えた。

先ほどオクタヴィアはあの男子生徒を「おにいさま」と呼んだが、アウグストの第一子はオクタヴィアであり彼女に兄はいない。

ということは、彼はシャルロットの兄だ。

シャルロットに対する気安い態度からもそれがわかる。

そして、さきほどオクタヴィアが言いかけたこと。

『シャルロットとは姉妹同然。いえ、ゆくゆくは……』

その台詞《せりふ》とオクタヴィアがシルバーと呼ばれた男子生徒に向ける視線。

こ、これは、知ってはいけない秘密を知ってしまったのではないか？

アリーシャは変な汗が出てきたが、オクタヴィアの様子を見るに全く隠していない。

……秘密ではなさそうだ。

「マックス、レインも、一緒に帰ろうか？」

「うん！」

「分かった」

シルベスタに呼ばれたマックスとレインも、嬉しそうにシルベスタのもとに駆け出して行った。

「あ、あの！」

「うん？」

「なに？」

「あ、えっと、その……」

思わず呼び止めてしまったアリーシャだったが、なんと言っていいか分からず、モジモジしてしまう。

それでも勇気を振り絞り、言葉を紡いだ。

「あ、明日から、よろしくお願いしますわ！」

「うん！」

「こちらこそ」

二人はそう言うと、シルベスタのもとに走って行った。

走り去って行く二人の背中を、アリーシャは切なげな視線で見つめていた。

そして、その様子を見ていたオクタヴィアは「どっちなのかしら？」と呟《つぶや》いた。

その顔は、父アウグストに似て、とても楽しそうだった。

オクタヴィアがアリーシャを見て楽しそうに笑っていると、シルベスタがマックスやレインと話していたアリーシャに気付いた。

「あの子は？　友達じゃないの？」

「え？　あ、はい。さっきお友達になったアリーシャさんですわ」

「シャルのお友達になってくれたの！」

「そうなんだ」

シルベスタはそう言うと、視線をアリーシャに向けた。

「えっと、アリーシャさん？」

「え？　あ、はい」

「いきなりゴメンね。僕はシルベスタ＝ウォルフォード。このシャルロットの兄なんだ。アリーシャさん、シャルの友達になってくれたんだって？」

「……ええ、はい」

「そっか、ありがとう。それならどうだろう、一緒に講堂に行かないかい？」

「!!」

シルベスタからの思わぬ提案に、アリーシャは思わず鼓動が跳ねた。

「ああ、そっか。一緒に行けばよかったね。さすがシルバーおにいちゃん」

「うん、シルバーにい、カッコいい」

どうやら、シルベスタはマックスやレインからも慕われているらしい。

オクタヴィアが熱い視線を送る相手で、シャルロットの兄。

妹であるシャルロットとは違い、シルベスタは落ち着いており物腰も柔らかい。

そんな人物からのお誘いを、アリーシャは断ることなどできなかった。

「よ、よろしくお願いしますわ」

「うん。じゃあ、行こうか。お父さんやお母さんたちが待ちくたびれてるよ」

「はい！」

そう元気よく返事をしたオクタヴィアは、アリーシャを牽制《けんせい》するように見た。

オクタヴィアの視線を受けたアリーシャは背筋に冷たいものを感じ、思いきり首を横に振った。

それを見たオクタヴィアはニッコリと微笑んで、シルベスタの左腕に抱き着いた。

「‼」

王女のその行動に、アリーシャは驚きを隠せない。

だが、当の本人たちは……。

「ヴィアちゃん、歩きにくいよ」

「まあ！　シルバーおにいさまはヴィアのことをエスコートしてくださらないの？」

「やれやれ、では王女さま、参りましょうか？」

「ふふ、ええ。よろしくお願いしますわ」

なんか、目の前で突然エスコートごっこが始まった。

と思った次の瞬間。

「おにーちゃん!!　またシャルのことほったらかしにして!!」

シャルロットがシルベスタの右腕にしがみついた。

「ちゃんとシャルのこと案内して！」

「まったく、シャルは甘えただなあ」

「いもーとだもん！　甘えてもいーの！」

「ちょっとシャル！　シルバーおにいさまとの時間をじゃましないでくださいまし！」

「ズルいよヴィアちゃん！　シャルもおにーちゃんと一緒にいくもん！」

「離れなさい！」

「やだー！」

「もう、二人とも喧嘩しないでよ。置いてくよ？」

「「やだ!!」」

シルベスタの一言でさらにその腕にしがみつくシャルロットとオクタヴィア。

その光景を、アリーシャは呆然《ぼうぜん》と見つめていた。

「……あれ、いいんですの？」

「ん？　ああ、いつものことだから」

「平常運転」

「そ、そうですの……」

マックスとレインと一緒に三人の後ろを歩いていたアリーシャは、さっき教室でシャルロットに絡んだことを早くも後悔し始めていた。

◆

担任教師に連れられて教室に向かうシャルを見送ってしばらく経った。

俺たち保護者は講堂に残り、子供たちが入学式後の初めてのホームルームを終えるのを待っている。

子供たちが出て行ったあとは自由時間みたいなもので、俺たちはいつもの面々で集まっていた。

しかし、そのいつもの面々にはオーグがいる。

王太子であるオーグのもとには、高位の貴族たちが一言だけでもと挨拶に訪れる。

それはまあ分かるんだけど、ついでとばかりに俺にも挨拶をしてくる。

俺は貴族じゃないから夜会になんて顔は出していないけど、高位の貴族たちは俺の……というかウォルフォード商会の顧客であったり取引相手だったりすることが多い。

王族であるオーグには本当に一言だけ挨拶をして、なぜか俺とは世間話をしていくということを繰り返している。

正直、俺はシャルのことが心配でそれどころではなかったのだが、相手は商売上の顧客や取引相手。

無下にするわけにもいかない。

自分のところは一人目の入学だから自分のときより緊張するとか、俺のところは二人目だから余裕でしょうとか、そんなとりとめもない話をしているうちに随分と時間が経っていたようだ。

「おや、うちの子が戻ってきましたな。それでは会長、また」

「ええ」

商売上付き合いのある人は、俺のことを『会長』と呼ぶ。

ウォルフォード商会の会長だからね。

社長は変わらずアリスのお父さんであるグレンさんだ。

専務はアリスの夫であり、シシリーのお兄さんであるロイスさん。

ロイスさんは、父で現子爵のセシルさんから後継者として既に指名を受けており、セシルさんが引退すると子爵家を継ぐことが決まっている。

そうすると、領主としての仕事もしないといけないのだが、セシルさんも領地経営だけしているわけではなく、王都の財務局で官僚として働いている。

なので、ロイスさんもウォルフォード商会で専務を務めつつ領地経営もする予定なのだ。

グレンさんとロイスさんの手腕もあり、ウォルフォード商会は順調に成長している。

従業員も増えたので社長や専務であるグレンさんとロイスさんの仕事は大分減ったらしい。

このままでいけば、専務としての仕事をしつつ領地経営をすることも問題ないそうだ。

そうそう、従業員が増えたのは、扱う商品も増えたので新しく店舗を建設し、そちらに移転したから。

それに伴い、元々ウォルフォード商会の店舗と事務所があった階層は、全てアルティメット・マジシャンズが使うことになり、建物一棟《たてものいっとう》丸ごとアルティメット・マジシャンズが利用することになった。

アルティメット・マジシャンズも実行部隊や事務員の人数が増えたからね。

っと、取引相手の貴族の人を見送っているうちに、シャルたちも来たようだ。

シルバーも一緒なんだけど……あーあー、またあの状態になってる。

シルバーの右腕にはシャルが、左腕にはヴィアちゃんがくっついている。

真ん中にいるシルバーは歩きにくそうだ。

「ちょっとシャル、くっつきすぎですわ。シルバーおにいさまが歩きにくそうにしているではありませんか」

「おにーちゃんはいもーとを案内するぎむがあるんだからいいの！　ヴィアちゃんこそくっつきすぎだよ！」

「シルバーおにいさまのエスコートはわたくしのものですもの。当然ですわ！」

「……えすこーとってなに？」

「……」

お兄ちゃん大好きなシャルと、明らかにシルバーに恋心を抱いているヴィアちゃんが、シルバーを挟んで睨《にら》み合《あ》っている。

普段は仲のいい二人なのに、シルバーを取り合うときはああなるんだよなあ。

後ろを付いてきてるマックスも苦笑してるぞ。

……レインはちょっと分かんないけど。

マックスとレインを見て気付いたけど、知らない女の子を一人連れている。

誰だろうと思ったけど、まずはシャルを連れて来てくれたシルバーを労《ねぎら》わないとな。

「シルバー、シャルを連れて来てくれてありがとうな。さすがお兄ちゃんだ」

俺がそう言ってシルバーを褒《ほ》め頭を撫でると、シルバーはちょっと照れ臭そうに身を捩《よじ》った。

「ううん、大丈夫だよ。ほら、シャル、ヴィアちゃん、もう離して」

「「はーい」」

シルバーの言葉に、シャルとヴィアちゃんは素直にシルバーの腕から離れた。

「ふふ、シルバー、ヴィアのエスコートありがとうございます」

「ああ、やはりシルバーは頼りになるな。シンとは大違いだ」

「どういう意味だコラ？」

「シン君は世界で一番頼りになりますよ？　それより、シャル、その子を紹介してくれないの？」

「うん！　いいよ！」

オーグの発言にさりげなくフォローを入れてくれたシシリーだったが、やはりシャルたちと一緒に来た女の子のことは気になっていたらしい。

シャルに問いかけると、シャルはその子の手を引っ張って俺たちの前に連れてきた。

「さっきシャルのおともだちになってくれたアリーシャちゃん！」

「わたくしともお友達になりましたわ」

「おお、早速友達ができたのか。良かったな」

「うん！」

女の子を連れてきたシャルは、さっきできた友達だと紹介してくれた。

ヴィアちゃんとも友達になったようだ。

「アリーシャちゃん、はじめまして。シャルロットのお父さんです」

「お母さんです」

「シャルと友達になってくれてありがとう。仲良くしてやってね」

「フフ、おうちにも遊びに来てくださいね」

「は、はひ……」

俺とシシリーがアリーシャちゃんに声をかけると、アリーシャちゃんは真っ赤になって俯きながら返事をした。

初等学院一年生の子がいきなり同級生の親と会ったら緊張しちゃうと思ったから、なるべく優しく言ったつもりなのに、やはり緊張してしまったようだ。

真っ赤になって俯きながら返事してる。

「オクタヴィアの父だ」

「母です」

「‼」

オーグとエリーが声をかけると、アリーシャちゃんはガバッと顔を上げた。

「お、おはつにおめにかかりましゅ！　ワイマールはくさく家が長女、アリーシャともうしましゅ‼」

……。

噛んだ。

めっさ噛んだ。

アリーシャちゃんは真っ赤になり、涙目のまま俯いている。

おいオーグ、噛んじゃったけど立派に挨拶したじゃねえか。笑いをこらえてピクピクしてないでフォローしてやれよ。

そう思って笑わないように歯を食いしばっている王太子夫妻を睨んだ。

すると、エリーが「コホン」と咳払いをしてアリーシャちゃんに話しかけた。

「ご丁寧な挨拶、ありがとうございます。ヴィアとお友達になってくれたのですね。この子はシャル以外に同性のお友達がいないのです。仲良くして頂けると嬉しいですわ」

そう言ってフワリと微笑んだ。

盛大に噛んで恥ずかしがっていたアリーシャちゃんは、エリーの言葉と表情を見て落ち着きを取り戻したようだ。

「い、いえ！　こちらこそよろしくお願い致します！　というか、その……」

「どうしました？」

「わ、わたくしなどが、オクタヴィア王女殿下の友人になど……よろしいのでしょうか？」

アリーシャちゃんは随分と自分を卑下《ひげ》しているようだ。

というか、どういう経緯で友達になったんだ？

「ん？　なんだヴィア、もしかして友人になれと強制したのか？」

「そんなことしておりませんわ。失礼なことを言わないでくださいまし、おとうさま」

オーグに問われたヴィアちゃんは、プイッとそっぽを向いてしまった。

そっぽを向いてしまったヴィアちゃんから事情は聞けなそうだと判断したオーグは、直接当人に聞くことにしたようだ。

「ワイマール嬢」

「は、はい！」

王太子であるオーグに話しかけられたからか、アリーシャちゃんは直立不動の姿勢になった。

「どういう経緯でこうなったのだ？」

「あ、あの、それは、その……」

オーグの言葉に、アリーシャちゃんは真っ青な顔になってしまい、上手く言葉が出てこなくなってしまった。

コイツ、普段俺らと接してるのと同じ調子で話しかけてやがる。

俺らはもう慣れてるけど、この子にとってオーグは王太子。

雲上人《うんじょうびと》から話しかけられて緊張すんなって方が無理だろ。

ましてや、この子、初等学院一年生だぞ？

あー、今にも泣きそうだ。

フォローしようかと思っていると、思わぬ人物が声をあげた。

「アリーシャはシャルに注意してた。かっこよかったから、シャルの友達になってシャルの暴走を止めてってておれがお願いして友達になってくれた。そしたらヴィアが、シャルの友達なら自分の友達だって言った」

おお？　普段マイペースであんまり他人を気にしないレインが、アリーシャちゃんのことをフォローするなんて。

「レイン……あなた、そんな長文を話すなんて……」

レインの母親であるクリスねーちゃんが、なんか変なとこに感動してる。

でも、確かに珍しいな。

アリーシャちゃんも、まさかこんなフォローが来るとは思ってなかったのか、驚いた顔でレインのことを見てる。

「そうなのか。ワイマール嬢はそれで納得しているのか？」

「は、はい！」

「そうか、ならばもう何も言うまい。シャルだけでなく、ヴィアのこともよろしく頼む」

「い、いえ！　こちらこそ！　よろしくお願い致します!!」

オーグによろしく頼まれたアリーシャちゃんは、膝に顔が付くんじゃないかってくらい深々と頭を下げた。

それにしても、この展開はちょっと意外だったな。

「マックスじゃなくて、レインがフォローするとは意外だったな」

俺がそう言うと、今まで言葉を発しなかったマックスが俺を見てニコッと笑った。

「ちょっと、空気読んだの」

「空気？　なんの？」

「ないしょ」

ええ……。

どういうこと？

なんか、初等学院生になったからって、皆急に成長しすぎじゃない？

シャルは、まあ……あんまり変わらないけど……。

子供たちの成長が嬉しくもあり、寂しくもあるなあと感慨に耽《ふけ》っていたが、ふとあることを思い出した。

「そういえば、アリーシャちゃんのご両親は？」

「あ」

王太子との遭遇《そうぐう》という予想外の出来事で、両親のことをすっかり忘れていたアリーシャちゃんが周りをキョロキョロと見て両親を捜しだした。

「あ、いまし……」

両親を見つけたようで、その視線の先を見ると、俺より年上の男性と女性が、口をあんぐりと開けてこちらを見ている姿が目に入った。

ワイマール伯爵夫妻だろう。

俺は、娘の友達になってくれたお礼と挨拶をしようとワイマール伯爵夫妻に近付いて行った。

オーグたちも付いてきたのでワイマール伯爵は終始緊張しっぱなしだった。

マックスを見習って空気読めよ。

「どうも、ワイマール伯爵ですか？」

「は、はい！　そうです！」

オーグがいて緊張しているからか、ワイマール伯爵は俺にも緊張しているようだ。

「初めまして、シン＝ウォルフォードです」

「はい！　存じております！」

「この度は、お嬢さんがウチの娘とお友達になってくれたそうで、ありがとうございます」

「いえ、そんな滅相《めっそう》もない！　こちらこそありがとうございます！」

やっぱり相当緊張してるな、めっちゃ声が大きい。

ワイマール伯爵家は緊張すると声が大きくなったり噛んだりするのだろうか？

「ワイマール伯爵、貴殿の娘は私の娘の友にもなってくれたようでな。礼を言う」

「はは！　畏れ多いことでございます、殿下。娘にはオクタヴィア王女殿下に失礼のないようによく言い聞かせますので」

「ああ、そんなに肩肘張る必要はない。できれば対等な友人として接してもらいたいものだ」

「それは……勿体《もったい》なきお言葉、かたじけなく存じます」

……あれ？

堅苦しい口調ではあるけど、ワイマール伯爵、俺のときよりオーグと話してる時の方が緊張してないよね？

なんでだ？　と思ってオーグたちを見ていると、ワイマール伯爵夫人と話していたシシリーとエリーがクスクス笑いながら話しかけてきた。

「ワイマール伯爵は貴族ですから、王城で殿下と面識があるんでしょうね」

「逆に、シンさんは王城の執務関係の場所には来ませんし、貴族にとってはオーグより遭遇しないレアキャラですのよ？」

レアキャラってなんだ、いつの間にそんな言葉覚えた？　……アリスか？

それはともかく、初対面は俺だけだったってことか。

なら緊張してもしょうがないか、と納得しているとエリーがなんか溜め息を吐いた。

「まあ、シンさんが納得しているのならそれでいいですわ」

どういう意味？

エリーの言葉に首を傾《かし》げていると、ワイマール伯爵夫人から声をかけられた。

「あ、あの、シン様」

「あ、はい」

声をかけられたので思わず返事をしたが、初対面の人からは大体『様』付けで呼ばれる。

まあ、一応俺もこの国では結構重要なポストについている自覚はあるけど、俺の立場は平民なんだよなあ。

それなのに、会う人会う人皆が様付けや二つ名で呼んでくるから、そう呼ばれることにも慣れてきてしまった。

あんまりよくない傾向だなと気を引き締めつつ、声をかけてきたワイマール伯爵夫人に向き合った。

「どうかされましたか？」

「あ、ええと、その……」

　ワイマール伯爵夫人は頬《ほお》を染め、モジモジとしだした。

　ちょっと、シシリーが側にいるんだから、そういう態度は止めて。

　なんか、シシリーのいる方がヒンヤリしてきたから！

　そう思っていると、持っていたハンドバッグからあるものを取り出した。

「あの！　こちらに、サ、サインを頂けないでしょうか⁉」

　出してきたのは手帳とペンだ。

　なんだ、ただのサインか。

「ええ、いいですよ」

　一瞬変な空気になっていたので、そうではない展開になったことにホッとし、俺はあまり深く考えずにワイマール伯爵夫人の差し出した手帳にサインをした。

　これが、いけなかった……。

「あ！　ズルいぞお前！　シン様！　私にもサインを！」

　自分の妻が他の男からサインを貰っているというのに、夫であるワイマール伯爵はそれを咎めるどころか、ズルいと自分も手帳とペンを差し出してきた。

「え、ええ、いいですよ」

「わ、私も！」

「わたくしも、お願い致しますわ！」

俺がワイマール伯爵夫妻に気軽にサインをしてしまったから、周囲にいた人たちも、我も我もと俺に群がってきた。

「ちょ、ちょっと待って！　皆さん落ち着いて！」

どうにかしてくれとシシリーに助けを求めるが、シシリーは苦笑しているだけで、オーグは肩を竦めて「やれやれ」という表情をし、エリーは呆れていた。

大人はダメだ！

そう思った俺は子供たちに救いを求めるが……。

「パパ人気者だねえ」

「そうだね」

「さすがシンおじ様ですわ」

「レイン、こんなとこで寝ちゃだめだよ」

「……んむ」

「あわわ……」

シャルとシルバーの兄妹はニコニコして見ているだけだし、ヴィアちゃんからはなぜか尊敬の目で見られているだけだし、マックスは立ったまま寝落ちしそうなレインを支えているし、アリーシャちゃんはあわあわしている。

ここに俺の味方はいない！

結局俺は、この場にいた殆どの人にサインをする羽目になったのだった。

はあ、手、疲れた……。

シャルが初等学院に入学して少ししたころ、初等学院で友達になったアリーシャちゃんが家に遊びに来てくれた。

そういえば、シルバーが一年生のときに初めてアレン君たちを家に招待したときはなぜか父親が一緒に来ていたけど、今回は馬車による送迎はあったがアリーシャちゃんは一人で来た。

まあ、アレン君とクレスタさんの父親とはあのときが初対面だったけど、アリーシャちゃんの両親とは入学式のときに挨拶したからな。

そういえば、俺はシルバーが友達の家に遊びに行くときに挨拶をしに行っていないけど大丈夫なんだろうか？

シルバーからは特になにも言われていないけど、気になったので同じく遊びに来ていたアレン君に聞いてみた。

「アレン君、俺はシルバーが友達の家に遊びに行くときに挨拶をしに行っていないんだけど大丈夫なんだろうか？　無礼だとか失礼だとか言われてない？」

俺がそう訊《たず》ねると、アレン君はその顔に苦笑を浮かべた。

「あー、すみませんシン様。僕とクレスタの父が友人の家に初めて遊びに行くから挨拶をしに来たというのは口実です。本当は、賢者様と導師様に会いに来たんですよ」

シルバーと友達になって三年。

初等学院四年生となったアレン君はしょっちゅうシルバーから家に遊びに来るよう誘われているので、初めてのころと比べると大分打ち解けてくれるようになった。

今も、自分の父のことを呆れたように溜め息交じりに話している。

「そっか、アレン君やクレスタさんのお父さん世代だと、英雄っていえばじいちゃんなんだな」

爺さんたちが現役のころを知っているのは彼らの祖父母世代だろうけど、両親世代だと子供時代に爺さんたちの英雄譚を聞かされて育つ。

子供の頃からの英雄がいる家に行ける口実があれば、行きたくなるのも分かるな。

俺がそうやって納得していると、アレン君がまた苦笑を浮かべた。

「シン様もそういう対象なんですけどね」

「そう言われてもなあ」

俺には英雄願望なんてのはなく、目の前にある問題を解決していったら、いつの間にか今の地位に祭り上げられていたという感覚が強い。

だから、今の状況には戸惑いを覚えることはあっても自慢したりする気にはならない。

そういったことをアレン君に話すと、アレン君と一緒に来ていたクレスタさんも驚いたように目を見開いた。

シルバーはアレン君とクレスタさんがなぜ驚いているのかが理解できないようで、キョトンとした顔をしている。

俺も分からん。

「二人とも、なんでそんな驚いてるの？」

俺も知りたい、なんで？

「え、だって、シン様くらいの実力を手に入れようと思ったら、英雄になるんだっていう意気込みをもって修行に取り組まないと無理だろ？」

「むしろ、自然に英雄になったシン様に驚きです……」

ああ、そういうことか。

「まあ、それは環境のせいだろうね。俺は、知っての通り子供のころからじいちゃんと山奥で暮らしててね、子供が魔法を使っちゃいけないなんて知らなかったんだ。だから、じいちゃんやばあちゃんが魔法を使うところを見て、見よう見まねで魔法を使うようになっちゃったんだよね」

これは俺のことが書かれている本にも載っていることなので、アレン君とクレスタさんも知っていたようだ。

最近、魔力を暴走させずに安定させる魔道具を俺が発明したことで、魔法の使用開始が十歳まで引き下げられたが、それ以前は、精神的に未熟な子供が魔力を扱うと暴走させる事故が起こることがあるので中等学院生になるまで魔法を教えることはなかった。

まあ、厳密に法律で禁じられているわけではないが、推奨《すいしょう》はされていなかった。

それを知らなかったのは、爺さんがその辺適当だったのと、当時はばあちゃんが一緒に住んでいなかったので俺のことをずっと見ていなかったというのが大きい。

ばあちゃんが気付いたときには、すでに俺は魔法が使えるようになっていて、頭を抱えていたのを覚えている。

その後、爺さんがシメられていたのも。

「まあ、そんな感じで世間の常識を知らないまま子供のころから魔法を使い続けていてね、しかも比較対象がじいちゃんしかいなかったし、じいちゃんは年寄りだしあんな山奥に引っ込んでる隠居《いんきょ》だから街にはもっと凄い魔法使いが一杯いるって思い込んでいたんだよ」

「『賢者様より凄い魔法使いって……』」

「じいちゃんが賢者様なんて言われてるのも、十五歳の誕生日に初めて知ったなあ。それまで、じいちゃんもばあちゃんも過去なんて話してくれなかったから。それで、その頃には目標だったじいちゃんを追い越すことができていたんだよ。そのときは、まだ世間の魔法使いのレベルを知らなくてね、高等魔法学院の入学試験で色々やらかしてしまって……」

懐かしいな。あの試験のことは語り草になっていると、当時の担任だったアルフレッド先生に聞いたことがある。

「それからはまあ、大体本に書かれてる通りかな？　……恥ずかしくてちゃんと目を通してないけど」

結局、俺が世間から魔法使いの王だのなんだの言われているのは、前世にはなかった魔法が面白くて仕方がなくて滅茶苦茶鍛錬《たんれん》してしまったことと、魔法を教えてくれたのが当時最高位の魔法使いだった爺さんだったからだ。

俺自身に特別な才能があったわけでもなく、かつてダームにいたヒイロさんに言われたようなチートも持っていない。

世間一般の常識を知らなかったせいだ。

だから、周りから英雄だのなんだのと言われると全力でやめてくれと言いたくなる。

そんな話をすると、アレン君とクレスタさんはようやく納得した顔になってくれた。

「シン様が過去最高の魔法使いにもかかわらずこんなに謙虚《けんきょ》なのは、そういった事情があったからなのですね」

「凄いです！　これは『新・英雄物語』にも書かれていない新事実ですわ！」

アレン君は感心してくれたようだけど、クレスタさんは別のことに感動したようだ。

クレスタさんは、家に来始めたころに比べると大分変わったな。

俺とシシリーは、時々クレスタさんから本に書かれている内容……特に恋愛関係について聞かれることが最初は多かったのだが、最近ではそれ以外のことについても質問されるようになっていた。

実際の俺たちの恋愛事情と本に書かれている内容に多少の齟齬《そご》があることに関心を持ち、実際の事象をどのように編纂《へんさん》すれば読者に興味を持ってもらえる内容にできるのか、とか、そんなことに興味を持ちだしたのだ。

クレスタさんは作家志望なのだろうか？

いや、彼女の様子を見ていると二次創作作家になりそうな気配もする。

爺さんとばあちゃんの話も、二次創作が山ほど出ていて、俺は詳しく知らないけど俺たちの物語にも二次創作はあるらしい。

俺たちの学院生活を創作し、学院ものとして発表されているまともな作品もあれば、俺とオーグの絡みがある悍《おぞ》ましい物語まである。

……まだ九歳だし、クレスタさんがそっちに興味を持つとは思えないけど、できればそっち方面には進んでほしくない。

今から誘導すべきか？

いや、今から将来を決めつけるのはよくないな。

けど、もしクレスタさんが作家に興味を持つようだったら、アルティメット・マジシャンズの事務員であるアルマさんを紹介してあげてもいいと思う。

彼女は『アマーリエ』というペンネームで小説を書いている、結構な売れっ子作家だ。

それだけでも十分食べていけるのだが、彼女はダームから派遣されてきているアルティメット・マジシャンズの事務員という立場がある。

これが結構重要な立場なので、おいそれと退職などできない。

本人にもその意志はないしね。

彼女の書く作品は、純愛ものが多いので、倒錯《とうさく》した世界に進まないようにアルマさんに導いてもらうことも考えておこう。

あ、そういえば。

「そういえばアレン君たちはもうすぐ十歳だよね？　魔法使いの適性検査はもうしたのかい？」

俺がそう訊ねると、アレン君とクレスタさんはそろって頷いた。

「はい。魔法使いの適性がありました」

「私もです」

さっきも言ったように、魔法を教える年齢が十歳に引き下げられたことで、二人ももうすぐ魔法を教えてもらうことになる。

ただ、正確に十歳で魔法を教えるとなると誕生日が早い子と遅い子で習い始める時期に差が出てしまうので、初等学院四年生になったら、というのが通例になっている。

というか、最初に教え始めたときにその問題が出たんだよね。

十歳という年齢も、厳密に理由があるわけではない。

王族であるメイちゃんが、十歳から魔法を習い始めても大丈夫だったからという、ただそれだけの理由である。

なので、初等学院四年生の間に皆十歳になるので、魔法を教えるのは十歳から……というより初等学院四年生からという感じになっている。

でも、そうか、二人とも魔法使いの適性があったのか。

「僕も適性あったよ。一緒にがんばろうね」

そう、シルバーも魔法使いの適性があった。

魔法使いの適性に遺伝が関係しているのかどうかは分からないけど、本当の両親であるシュトロームもミリアも魔法を使っていたし、魔法が使える可能性は高いと思っていた。

この世界の人間は必ず魔力を帯びている。

その魔力を基礎魔力と呼ぶが、魔道具はその基礎魔力に反応して起動するので、魔法が使えない人でも魔道具を使うことはできる。

魔法使いの適性とは、その基礎魔力で空気中にある魔素に干渉《かんしょう》できるかどうかで決まる。

できない人は、一生できない。

いや、方法がないわけではない。

しかし、その方法を取った人間を二人知っているが、二人とも魔人化してしまった。

絶対の禁忌なのだ。

そういえば、最近は魔法使いの適性を持っている人が増えた印象がある。

メイちゃんの友人であるコリン君やアグネスさんも魔法使いの適性があった。

アレン君とクレスタさんもそうだ。

そういえば、魔力制御用の魔道具はウォルフォード商会で用意しているのだが、年々受注量が増えている気がする。

……ふむ、これはちょっと調べてみる必要があるかもしれないな。

そんなことを考えている間にもシルバーたち三人は話を続けていた。

「あ、そうだ。お父さん、アレンたちにも魔法を教えてあげてよ」

「ん？　ああ、いいよ」

「「え⁉」」

シルバーからのお願いに俺が軽く返事をすると、アレン君とクレスタさんが立ち上がった。

「「よ、よろしいのですか⁉」」

二人揃ってそんなことを言っているけど、アレン君もクレスタさんもシルバーの大事な友人だ。

それくらいなんてことない。

「ああ、もちろん。シルバーにはもう教えているし、二人に教えることはなんの問題もないよ」

「「え？」」

俺の返事に、アレン君とクレスタさんはシルバーを見た。

その目は、ジト目になっている。

二人から視線を向けられたシルバーは、苦笑しながら頬をポリポリと掻《か》いている。

「あ、あはは。お父さんに頼んだら教えてくれるって言うから……」

シルバーは幼いころから魔法に興味を持ち、教えてほしいとお願いしてきていた。

あまり我《わ》が儘《まま》を言わないシルバーの数少ない我が儘だったのだが、さすがに子供に魔法を教えてはいけないことはもう分かっているのでそれはしなかった。

代わりに玩具《がんぐ》の魔道具を作って与え、それでシルバーの目を逸らし続けていたのだが、先日初等学院四年生になったことで「もういいよね！　お父さん、魔法を教えて！」とキラキラした目でお願いされてしまえば、俺に断ることはできなかった。

その玩具の魔道具だけど、シルバーの反応が良かったので一般販売もされている。

生活用の魔道具のように水が出たり火が付いたり温風が出たりするわけではなく、ただ光ったりクルクル回ったりするだけのものだが、幼児には受けがいいのだ。

ちなみに、家には俺の作ったまだ販売されていない玩具の魔道具……魔道玩具がいくつかあり、アリーシャちゃんはシャルの部屋でヴィアちゃんたちとそれで遊んでいる。

前に遊びに来てくれたときに聞いたのだけど、アレン君とクレスタさんも魔道玩具を購入して時々遊んでいたそうだ。

「……ん？」

俺があることに引っ掛かりを覚えている間に、アレン君とクレスタさんがシルバーに詰め寄っていた。

「ズ、ズルいぞシルバー！　なに抜け駆けしてんだ‼」

「そ、そうですよ！　しかも、シン様に教えてもらっているなんて‼」

「なんて贅沢《ぜいたく》な‼」

「まったくですわ‼」

「いや、だから二人にもお父さんから魔法を教えてほしいってお願いしたじゃない」

シルバーの言葉にハッと気が付いた二人は、改めて俺の方を見た。

「「よろしくお願いします‼」」

「あ、ああ。うん」

一応、俺はメイちゃんやコリン君、アグネスさんを指導した経験があるので大丈夫だろう。

そのことを今更心配はしていない。

それよりも、俺は別のことに気を取られていた。

「魔道玩具……か」

これは、久々のオーグ案件かもしれないな。


アレン君たちと会話をした数日後、俺はオーグに直接アポを取り、王城に来ていた。

ちなみに、あの日遊びに来ていたアリーシャちゃんは、ヴィアちゃんを俺んちにゲートで連れてきたオーグと付き添いのエリーがいたことに驚いて硬直してた。

うちでは普通のことなのでそのうち慣れてくれるだろう。

アレン君やクレスタさんも、今では普通にオーグやエリーとも挨拶や雑談ができるまでに慣れたのだから。

人間って、慣れる生き物なんだよ。

さて、今日の訪問の理由は子供たちの現状報告ではない。

そのときのアレン君たちとの雑談から、もしかしたらという発想があり、オーグに相談をしにきたのだ。

「すまないシン、待たせた」

慣れ親しんだ王族のプライベートスペースにある応接室で待っていると、執務を終えたオーグがやってきた。

「忙しいところ、悪いな」

「いや、ちょうど落ち着いたところだから問題ない」

アールスハイドは王族による王制だが、政務の全てを王が取り仕切っているわけではない。

当然、各方面に専門の部署があってそれぞれに局長が存在しており、王族がすることは国政に関わる重要な案件の最終決済が主である。

国の方針を決める会議なんかにも参加はするが、それ以外では比較的時間の余裕はある。

今日はたまたま俺が連絡したときオーグが執務中で、それが終わってからならという返事を受けたのでこうして応接室で待っていたのだ。

「それで？　相談したいこととはなんなのだ？」

「ああ、実は、この前アレン君とクレスタさんが家に遊びにきてたんだけどさ」

「シルバーの友人か。それが？」

「あの子たちもシルバーと同い年だから、魔法使いの適性を調べるだろ？　二人とも魔法使いの適性があったらしくてな」

「そうか。適性のあるなしで友人関係が変わることもあると聞いたことがあるからな、一緒なのはいいことだ」

「それはそうなんだけど、ちょっと気になってさ」

俺がそう言うと、オーグは居住まいを正した。

「気になる？」

「いや、ちょっと、顔怖いって」

「お前が気付くことは魔法界にとっての大発見に繋がることが多いからな。真剣に聞かねばならない。さあ、なにに気付いたのか話せ」

オーグの気迫に押されつつ、俺は先日気が付いたことを話し始めた。

「最近さ、魔法使いに適性のある子が増えてきたと思わない？」

「……そうなのか？」

ああ、オーグはやっぱり気付いてなかったか。

まあ、それもそうか、今年は何人の子供に魔法使いの適性がありました、なんて一々報告なんてしないからな。

俺が気付いたのは、俺がウォルフォード商会の会長だからだ。

「年々、子供用の魔力制御用魔道具の売り上げが増えてる。最初は誤差かなと思っていたけど、気になって調べてみたら、魔法使用の年齢を引き下げた三年前と比べると、一・二倍ほどになってた」

「そんなにか⁉」

「ああ。それで、なにか原因があるんじゃないかって考えたんだけど、ウチで売ってる玩具の魔道具があるだろ」

魔道具を起動させる要領で起動し、光ったり、クルクル回ったりするだけの単純な玩具。

とはいえ低年齢の子供には非常に受け、ウォルフォード商会の大きな稼ぎ頭となっている。

「それを売り出したのが、ちょうど三年前くらいなんだ」

俺がそう言うと、オーグは俺の言葉を吟味しだした。

「……」

コイツのことだ、俺と同じ考えに至るのはすぐだろう。

「……つまり、幼少期から魔道具に触れていると基礎魔力が伸びる？」

「今まで、基礎魔力は生まれたときから決まっていて変わることはない……って思われていたけど、幼少期に限っては違うのかもしれない」

「……確かに、今まで幼児に魔道具を使わせるなんて考えもしなかったからな。お前があの無意味な魔道具を作ったときは、とうとうおかしくなったのかと心配したのだが……」

「え？　お前、そんなこと思ってたの？」

「それは当然だろう？　魔道具と言えば実用重視。大人が使うことを前提に作られている。まさか幼児用の魔道具を開発するとは夢にも思わなかったからな」

「まあ、俺もシルバーに防御用の魔道具を使わせるまではそんなこと考えてなかったけど、思いの外シルバーが上手に魔道具を使えるようになって魔法に興味を示しだしたからさ。なんとか気を逸らそうと考えた結果なんだけど」

「それが、思わぬ副産物を生んだというわけか」

「確証はないよ、検証してないから。けど、ここ最近魔法使いに適性のある子が増えたことと、俺が幼児向けの魔道具を売り出して子供が小さいときから魔道具に触れる機会が増えた時期が一致してる。関係があるかもって考えるのは普通だろ？」

　俺がそう言うと、オーグは眉間《みけん》を揉み解したあと「フーッ」と息を吐き出した。

「検証してみないと発表はできないが、もしこれが本当なら大発見もいいところだな」

「どうする？　さっそく魔法学術院に報告するか？」

「それは私の方でやっておく。こう見えて高等魔法学院次席卒業だからな。お前には、魔道玩具の増産をお願いしたい。できればバリエーションも増やしてほしいのだが、できるか？」

「バリエーション？」

「お前のあの魔道玩具は幼児には受けがいいが、ある程度の年齢になると使わなくなるだろう？」

「ああ、まあ、意味のない魔道具だからな」

「検証する意味でも、ある程度の年齢の子供まで率先して使ってもらえるように、魔道玩具のバリエーションを用意してもらいたいのだ」

「なるほど、対象年齢の引き上げってことか」

オーグの言葉を聞いた俺は、ニヤッと笑った。

「王太子サマのご依頼とあらば、全力で魔道具の開発をしようじゃないか」

「ほどほどでいいからな！　ほどほどで‼」

オーグが必死に自重を呼びかけるが、要は初等学院生向けの玩具だ。

競合他社もないし、多少はっちゃけても問題ないだろう。

「さて、それじゃあ早速開発に入るわ。魔法学術院への報告と子供を持ってる家庭への周知はよろしくな！」

「あ！　おい！　くれぐれも！　くれぐれもほどほどにな‼」

オーグはそう言うけど、大丈夫だって。

所詮《しょせん》は遊び道具、多少羽目を外したって、子供が目を輝かせるだけで大したことにはならないと思う。

というわけで、俺は遊び道具の開発に取り組むのだった。


オーグとの話し合いの結果、幼児に魔道具を使わせると基礎魔力量が上がり魔法使いの適性が得られる可能性が見えてきた。

なので、間違って利用しても害のない、初等学院生にも率先して使ってもらえるような魔道具の製作を行うために、俺はビーン工房を訪れていた。

今の幼児向け魔道具は、本当にただ光ったり、クルクル回ったりするだけで、それ以降の発展がない。

ただ、幼児にとってはそれだけでも楽しいものであり、暇さえあればそれで遊んでいる子も多いと聞く。

しかし、幼児にとっては面白いものでも初等学院生にもなるとそれだけでは満足できなくなってくる。

実際、シルバーも、最初は楽し気に遊んでいたが段々と興味がなくなってきたのを感じたので、次々に開発していったという経緯《けいい》がある。

シャルやショーンはまだ楽し気に遊んでくれているけどね。

聞けばアレン君やクレスタさんも、最近は使っていないとのこと。

というわけで、オーグの要望にもあったように初等学院生にも楽しんで使ってもらえるような玩具を作る必要があるわけだ。

ということで開発に着手したわけだけど、一人で考えていると考えが行き詰まってしまう可能性があるので、人の多いビーン工房にお邪魔しているというわけだ。

「というわけで、オーグから初等学院生向けの魔道玩具の製作をお願いされたわけだけど、なにか案はないかな？」

ビーン工房の、俺が普段使わせてもらっている作業室に集まってくれた面々に向かって経緯の説明をしたあとで、玩具のアイデアがないか訊ねた。

ここに集まっているのは、ビーン工房の工房長でありマークの親父さんであるハロルドさん、マーク、ユーリである。

三人は、俺の話を聞いたあと、深い溜め息を吐いた。

「シン、お前なあ……マークやユーリの嬢ちゃんはともかく、俺にそんな国家機密をホイホイ話すんじゃねえよ……」

「え？　いや、俺だってホイホイ話してませんよ？　通信機事業っていう国家プロジェクトに関わってる親父さんだから話してるんです」

俺が開発した通信機の有線版。

それを一般開放するにあたって、俺は権利やらなにやらを国に譲渡した。

だって、通信事業ってメチャメチャ利権が大きいんだよ？

そんなの、一個人、一商会に委ねられたって困る。

ということで、通信事業に関してはアールスハイド王国に権利があり国営になっている。

そのインフラ整備を任されたのがビーン工房だ。

そもそも俺の要望を受けて通信機を作ったのがビーン工房だからね。

妥当《だとう》な選抜だと思う。

そんな国家プロジェクトに起用されているビーン工房の工房長だからこそ、俺は今回の背景まで話したのだ。

「親父さんが信用に足る人だというのは分かってますからね。というわけで、なにかアイデアありませんか？」

「お前は……まったく……子供向けの玩具ねえ。俺がガキのころの遊びといやあ鬼ごっこだのかくれんぼだの走り回る遊びばっかりだったなあ。マーク、お前はどうだった？」

「俺？　そうだなあ、父ちゃんと似たようなもんだよ。あとは、工房で端材使ってなんか作ってた」

「そういやそうだったな。ユーリの嬢ちゃんは？」

「私はぁ、お人形さんの着せ替えとかおままごとかしらぁ？　あんまり男の子と一緒に外で遊んだ記憶とかないわねぇ」

「ふむ、ということは男子用と女子用で分けて考えた方がいいのかな？」

「だなあ。初等学院前は一緒に遊んでるだろうけど、初等学院生になったら男女で分かれて遊ぶのが一般的だな」

「で、男子用で魔道具だと……鬼ごっことかかくれんぼとかをレベルアップさせるのは……」

「子供にジェットブーツ使わせる気か⁉　あんなもん、もっと大きくならねえと危なくて使わせられねえよ！」

「でしょうねえ。俺もそれには同意です。となると、全く新しいものを作らないといけないのか……」

「ウォルフォード君」

新たに考えるとなるとなにがあったかな？　と考え込んでいるとマークから声をかけられた。

「どうした？」

「あのッスね……」

マークはそう言うと、親父さんには聞こえないようにヒソヒソと話し出した。

「ウォルフォード君が前世で遊んでた玩具とか、どんなのがあったんスか？」

まさかマークからそんなことを言われるとは思っていなかったので驚いたが、さらに驚いているのがユーリだった。

「ちょ、ちょっとぉ！　そんなもの作ったら、また殿下が怒っちゃうでしょぉ！」

「ん？　なんだ？　なにがあった」

ユーリが思わず大きい声を出してしまったので、さすがに親父さんが話に介入してきた。

「ゴメン父ちゃん、これはさすがに父ちゃんにも話せないことなんだ」

「お、おう、そうか。ならいい、これ以上とんでもないことを聞かせないでくれ」

マークの言葉を受けて、親父さんは万が一にも聞こえないように自分の手で自ら耳を塞いだ。

それを見て安心したのか、ユーリがマークに食って掛かった。

「ちょっとマークゥ？　あなた、なにとんでもないこと言ってるのよぉ？」

「だって、まったくなにも思い浮かばないんスよ？　それなら、多少のリスクはあってもウォルフォード君の前世の話を聞いた方が効率的じゃないッスか。そもそも玩具なんスから、そのまま再現しても問題ないでしょうし」

「それは、まあ……」

「というわけで、ウォルフォード君、お願いするッス」

「そうだなあ……」

マークの言葉を受けて話すことにしたけど、どうしようかな？

ビデオゲームは、モニターも作らないといけないし、そもそもコンピューターがないからどうしようもない。

そもそも、今回の魔動玩具製作は子供に魔道具の起動をさせることが目的だ。

ゲーム機を作るなら、常に起動させておかないといけないので魔石を使う必要がある。

なので、これは却下。

ゲーム機以外となると……。

「なにがあったかな？」

「ちなみに、今世の幼いころはなにで遊んでたんスか？」

「……魔法は遊びじゃないッスよ」

「魔法」

「いや、山奥で他に娯楽ってトムおじさんの持ってきてくれる本以外なかったんだから、しょうがないじゃん。ああ、あと、魔道具作り」

「……魔道具作りも遊びじゃやらないわよぉ」

「しょうがないじゃん。他になかったんだから」

マークのせいで思考がズレた。

前世の遊び、前世の遊び……。

「ミニよん……ああ、これも趣旨《しゅし》が違うか」

真っすぐにしか走れないミニチュア四輪駆動車のことを思い出したが、あれは自分の手を離れるので魔石を使う必要があり、魔道具を起動し続けるという趣旨からは反してしまう。

本当のところは、街で魔道車が走っていると男の子たちが羨望《せんぼう》の眼差《まなざ》しで見ているという事例が報告されているので、この手の魔道玩具を売り出せば売れると思う。

改造のための各種パーツも豊富に取り揃えれば結構な売り上げになると思うけど……。

しかし、今必要なのは起動させ続ける必要がある魔道具なん……。

「あ、そうか。その手があったか」

「どうしたんスか？」

「なにか思い付いたの？」

アイデアを思い付いた俺にマークとユーリが食いついてきた。

「いや、魔道車あるじゃん」

「あるッスね」

「それのミニチュアを作ってね、手元で操作できるようにしたらどうかと」

いわゆる『ラジコン』だ。

あれの操縦機に魔力を通し無線通信の要領で玩具の車と接続できるようにすれば、操作する間ずっと魔道具を起動させ続ける必要があるし、楽しめるし、いいアイデアではないだろうか？

ただ一点だけ、従来なら大問題になっていたことがあるのだが、最近その事情が変わり、それも解決できる。

ということを、その問題点を言わずにマークとユーリ、それとずっと耳を塞いでいた親父さんに話した。

その問題点については、言わなきゃ言わないで別にいいし。

「はあ……スゲエなシンは。どこからそんな発想が出てくんだ？」

親父さんには俺の事情を話していないので、純粋に驚いてくれている。

その反応を見て、俺も、マークとユーリも苦笑いだ。

「これでもう決まりじゃないッスか？」

「いや、シンの構想を聞いてる限り特大の問題があるだろ」

さすが親父さん、俺の簡単な説明でこの魔道具の問題点に気付いたようだ。

「アレですか？」

「おうよ。その問題をクリアできねえと、とんでもねえ高額な玩具になっちまう。いいアイデアだとは思うけどな」

「ところが、その問題点は昔なら大問題でしたけど、今はもう大丈夫なんですよ」

「あん？　どういうこった？」

俺は、その問題点解決のための策を話した。

「……ああ？　それで大丈夫なのかよ？」

「ええ。実はその件で相談を受けてましてね。そっちもこっちも解決できて良いことずくめなんですよ」

「……一体、二人でなんの話をしてるんスか？」

俺と親父さんでアレだのコレだの言ってる内容が理解できなかったマークが、話しかけてきた。

「ああ、実は……」

俺は、この魔道玩具を作るうえで本来なら大問題になっていたこと、そして、それが解決できる事情を話した。

「はあ……ウォルフォード君の周りは国家機密ばっかりッスね……」

「慣れてきちゃった自分が怖いわぁ……」

マークとユーリは、二人してなにかを諦めたような溜め息を吐いた。

そんな中で、ユーリは気になることがあるらしく疑問を投げかけてきた。

「それはそれでいいとしてぇ。その玩具、男の子には受けそうだけど、女の子にはどうなの？」

「それなあ……女子受けはしないか？」

「どうかしらぁ？　人によるとしか言えないけど、女子全体に人気が出るとは思えないわねぇ」

「そっかあ……でも、女子向けの玩具とか、子供向けのオシャレ用品くらいしか思いつかねえよ」

俺は、前世も今世も男子だからな。

正直、前世でも小学生女子がどんな遊びをしていたかなんて知る由もない。

そう思っての発言だったのだが、ユーリが俺の言葉に食いついた。

「子供用のオシャレ用品！　それよぅ‼」

「子供向けの？」

「そう！　私たちが使ってるブラシ付きドライヤー、あれ、割と大きいから子供が使いにくそうにしてるって近所のママ友が話してたの」

「ああ、まあ、大人の女性をターゲットにした商品だからなあ」

「それをねえ、子供にも使いやすい大きさにするのぉ！　きっと喜んで使ってもらえるわぁ！」

「おー、なるほど。それにドライヤーなら毎日使うしな」

「そうそう！」

「お、ならこれで出そろったんじゃねえか？　男の子向けにはその車の玩具で、女の子向けには子供用ドライヤーってことで」

「いいんじゃないッスか？」

「いいと思うわぁ」

「おし。じゃあ、早速開発に入ろうか。子供用ドライヤーは、外装を小さくするだけだから、車の方だけだな。まあ、無線通信機と魔道車の仕組みを簡単にしたものでできるだろ」

こうして俺は、マジカルコントロールカー、略してマジコンカーの開発に着手するのだった。

マジコンカーの開発に着手して数日。

元々魔道車も作っているビーン工房にとって、それのミニチュア版を作ることなど造作もないことだった。

魔道車も、駆動方式はモーターだしね。

それの操作をする操縦機とその機構は前世のラジコンとほぼ同じ形式をとった。

サーボを作り、ハンドリングとアクセルに使ったのだ。

これによって機構も簡単になり、お値段も相当抑えられるようになった。

早速試作品を作り、実際のターゲットである子供、シルバーとアレン君にモニターになってもらった。

家の庭に簡易のコースを作り、試してもらったのだけど……。

マックスやレインが自分も遊びたいと大騒ぎになり、二台しかなかった試作品の取り合いが起こった。

結局交代で遊んでもらったのだが、まだか？　早く！　と順番の催促《さいそく》でうるさかった。

で、これは魔道具の起動ができないと使えないので、ウチの次男であるショーン（三歳）が遊べなくて泣いてしまった。

『まどうぐのれんしゅう、いっぱいしゅる！』

と泣きながら宣言するほど遊びたかったらしい。

これなら、継続的に魔道具を使って遊ぶという目標も達成できそうだ。

ただ、デザインが実際の魔道車と同じではダサいと言われてしまったので、むしろその外観の製造に一番時間を食った。

子供たちに色々と意見を聞きながら子供ウケのいい外観が出来上がり、マジコンカーは完成した。

子供用ドライヤーに至ってはもっと簡単で、なにを作るか決める会議があったその日のうちに試作品が出来上がった。

あとは、実際に使用する立場からの意見としてシャルとクレスタさん、あと新しくシャルの友達になってくれたアリーシャちゃんにモニターとして使ってもらい、問題点を洗い出した。

ヴィアちゃんは参加してない。

だって王女様だし、身支度《みじたく》は使用人の仕事だから自分ですることはないしね。

三人からの評価は、機能と使い勝手については文句なし、すぐにでも毎日使いたいとクレスタさんとアリーシャちゃんは試作品の購入の意思まで示した。

問題点としては、女の子たちにも外観が可愛くないと口々に言われた。

まあ、試作品のマジコンカーもドライヤーも大人向けの商品をそのまま小さくしただけだからね、子供にとっては味気ないのだろう。

この段階からヴィアちゃんも加わり、四人でああでもないこうでもないと相談した結果、女子たちの満足がいく外観が仕上がり、子供用ドライヤーも完成した。

と、完成品が出来上がったので見せるため、オーグに連絡を入れた。

「で、これが完成した玩具か」

「そう。これはもう知ってると思うけど、子供向けドライヤーな」

「わたくしも開発に参加しましたの！　このデザインは、わたくしの案が採用されましたのよ、おとうさま！」

「ねえさまがつくったの？」

オーグの横で、ヴィアちゃんが誇らしげにオーグに話しかけている。

オーグを挟んでヴィアちゃんの反対側にはヴィアちゃんより小さい、オーグそっくりな男の子が座っていて、ヴィアちゃんの発言に目を丸くしている。

オーグとエリーの第二子、第一王子ノヴァク君だ。

普段は皆からノヴァ君と呼ばれている。

そのノヴァ君から羨望の眼差しで見られ自尊心が満たされたのか、ヴィアちゃんは得意気な顔をしている。

そんなヴィアちゃんを見て、オーグが目を細めて笑い、その頭を撫でた。

「確かに、女児向けの可愛らしいデザインだな」

「ええ、本当に、よく頑張りましたねヴィア」

「ねえさま、すごい！」

「ふふ」

オーグがヴィアちゃんの頭を撫でながら評価し、エリーもヴィアちゃんを褒《ほ》め、ノヴァ君が感嘆の声をあげると、ヴィアちゃんは照れ臭そうにしながらも誇《ほこ》らしげに胸を張った。

「で、問題はこれだ」

「問題？」

シルバーにもアレン君にも、マックスやレインにも好評で、ショーンがこれで遊びたいがために魔道具の練習をするとまで言ったマジコンカーが問題？

どういうことだ？　とオーグを見ると、オーグは溜め息を吐いた。

「お前、これ、魔石使ってるだろ」

「うん」

マジコンカー用モーターとステアリングサーボを動かすのに小さい魔石を使っている。

そうしないと動かないから。

「お前……子供向けの玩具に魔石を使うとか……」

そう言って頭を抱えるオーグだったが、知らないのか？

「クワンロンから大量の魔石が輸入され始めて、問題が出てるの知らなかったか？」

「魔石輸入の問題？　どれだ？　色々あってすぐには分からん」

「輸送の方」

「……ああ、魔石の破損のことか」

「そう、それ」

俺が受けていた相談というのがそれだ。

クワンロンとの交易で最大の目玉となる魔石輸入。

それを一手に引き受けているシャオリンさんから、輸送の際に魔石同士がぶつかって破損し、売り物にならない小さい魔石ができてしまうと相談を受けていた。

それなら、魔石と魔石の間に緩衝材を入れればいいんじゃないか？　とアドバイスしたのだが、魔石はクワンロンでは捨て値で売られているほどありふれたもの。

そんなもののために使い捨ての緩衝材を使うなど勿体ない。

破損しても、吸い込むほどの小ささにはならないので特に危険はない。

なら、多少破損してもいいように大量に詰め込んでしまえと、クワンロン本国の商会から俺の案は却下されてしまった。

結局、破損してできた小さい魔石……『クズ魔石』が大量に出てしまった。

クズ魔石は小さくて魔道具に使うには出力が足りないということで、利用価値のない魔石が大量にできたのだった。

しかし、その利用価値のない小さい魔石こそ、この魔道玩具、マジコンカーに必要なものだった。

「魔石の輸送の際に出るクズ魔石で出力は十分賄えるから、本来なら使い道がない、廃棄もできないクズ魔石を利用することにしたんだ」

ということで、魔石は使っているけどタダで大量に手に入るものなので、その分の値段の上乗せはしないし、できない。

結果、安価で提供できるという訳だ。

これが、あっちの問題を解決してこっちの問題も解決できると親父さんと話した内容だ。

俺が説明を終えると、オーグはようやく納得した顔になり、操縦機を手に取った。

「なるほどな。それで、これはどうやって遊ぶのだ？」

「えーっと、まずこのマジコンカーを広い場所に置いて、と。魔力を込めながら左の親指のレバーを前に倒してみ」

「こうか」

俺の説明通りにオーグが魔力を込めると、マジコンカーが動き出した。

「む、お、動き出したぞ⁉」

「右の親指のレバーを魔力を込めながら左右に倒すと、その方向に曲がるぞ」

「こ、こうか！」

俺の説明通りにオーグが操縦機を操作すると、マジコンカーは部屋の中を縦横無尽《じゅうおうむじん》に走り出した。

「左のレバーを手前に倒すとバックもするぞ」

「む、なるほど。これはぶつかった時などに便利だな」

マジコンカーの操作方法はこれだけだ。

すぐに操作のコツを摑んだオーグは、しばらく部屋の中でマジコンカーを走らせ続けた。

部屋中を走り回るマジコンカーを無言で見つめる俺たち。

「ふおわぁ……」

あ、ただ一人ノヴァ君だけは感嘆の声を漏らしてるわ。

家でもノヴァ君と同い年のショーンを魅了したマジコンカーは、ノヴァ君も虜にしてしまったらしい。

しばらくノヴァ君の「うわあっ！」「すごい！」という声だけが部屋に響く時間が過ぎる。

その時間に痺《しび》れを切らしたのはヴィアちゃんだった。

「おとうさまも、マックスやレインと同じですわね。ずっと操縦機を離さないのですもの」

友人である男の子たちと同じ状態になったオーグを見て、ヴィアちゃんは「大人なのに」と呆れたように溜め息を吐いた。

その言葉が地味にショックだったのだろう、オーグはマジコンカーを足元まで操作して戻すと、操縦機を俺に返してきた。

その操縦機を「ぼくも！　ぼくもやりたい！」とノヴァ君が強請《ねだ》ってきたけど、これは魔道具。

起動できないと遊べないとオーグが説明すると、ノヴァ君はショックを受けた顔をしたあと、涙を堪えた真剣な顔で「なら、まどうぐのれんしゅうします！」と宣言した。

まさか三歳の幼児が、自分から魔道具起動の練習をすると言うとは思いもしなかったのだろう、オーグは少し目を見開いた。

「そうか。なら、魔道具をちゃんと起動できるようになったらノヴァの分も買ってやろう」

その言葉に、ノヴァ君は目を輝かせた。

「わかりました！　やくそくですよ、ちちうえ！」

「ああ」

オーグは微笑みながらノヴァ君の頭を撫でると、俺に向き直った。

「うむ、中々楽しい玩具ではないか。これなら初等学院の上級生たちにも使ってもらえるだろう」

「大人でも楽しそうですものね」

マジコンカーの感想を述べるオーグに対して、ヴィアちゃんが冷たい。

「いやいや、ヴィアよ。これは実際大したものだぞ？　子供だけでなく、大人も夢中になるに違いない代物《しろもの》だ」

「確かに、シンさんと戯《たわむ》れているとき以外で珍しくオーグが楽しそうにしていましたね」

「それだけこの魔道玩具が素晴らしいということだ」

「私も、少し遊んでみてよろしいですか？」

「ああ、エリーも試してみるといい」

オーグがそう言うので、エリーに操縦機を渡す。

さっきした説明を聞いていたので、エリーはすぐにマジコンカーを走らせることができた。

エリーは魔法が使えないけど、魔道具の起動はできるからな。

というわけで、マジコンカーは問題なく起動できたのだけど……。

「あら？　あらあら？」

魔道具を起動できるのと、それを上手に使いこなせるかというのはまた別問題で……。

エリーは自分の意思通りにマジコンカーをコントロールできていない。

その結果……。

「うわっ！」

「きゃあっ！」

部屋に控《ひか》えていた侍従や護衛、メイドさんたちを巻き込みながらマジコンカーを暴走させていた。

逃げ惑う侍従さんやメイドさんたち。

さすがに護衛たちは逃げはしなかったものの、エリーが操縦するマジコンカーを無理矢理止めるのは憚られる様子。

思わぬマジコンカーの暴走に、ノヴァ君は大はしゃぎ。

結果、部屋中が大混乱に陥った。

「あら？　あら？　あら？」

「エ、エリー！　もう十分だろう⁉　操縦機を離せ！」

「え？　あ、はい」

エリーはプチパニックに陥っていたのだろう、オーグに操縦機を離せと言われて、パッと両手を広げて操縦機を離した。

「うおい！」

さすがにその高さから落としたら壊れるかもしれなかったので慌ててキャッチした。

「あら、ごめんなさいシンさん。壊してしまうところでしたわ」

「あ、ああ。大丈夫、問題ない」

「それにしても……これは楽しいですわね」

「「え？」」

あれだけ操縦不能になっていて……楽しかった？

「なんといいますか、あのように縦横無尽に走り回らせるのは爽快感がありますわ。シンさん、私もお一つ購入してもよろしくて？」

「あ、ああ。それはもちろんいいんだけど……」

まさか購入したいとまで言われるとは思っていなかったので、オーグを見ると引きつった顔をしていた。

「……それは良いが、走らせるのは専用の走行場を作ってからだ。城の中で走らせたら怪我人が出るかもしれんからな」

「まあ！　専用の走行場を作ってくださいますの？　それは今から楽しみですわ」

エリーが珍しく楽しそうだ。

そんなにマジコンカーが気に入ったのか……。

オーグはともかく、エリーは本当に意外だったな。

王太子妃も好んで遊んでいると触れ回れば女子にも人気が出るんじゃなかろうか？

「……まあ、あの腕前では皆に披露するのはやめておいた方がいいかな。

「ははうえ！　ははうえ、かっこいい！」

そんなマジコンカーを暴走させたエリーを見て、興奮冷めやらぬ様子なノヴァ君。

なにがそんなに彼の琴線《きんせん》に触れたのだろうか？

おじさんにはサッパリ分からないよ。

「ノヴァ……あなたねえ……」

姉であるヴィアちゃんもさっぱり分からない様子だ。

「ん、んん！　ともかく、これは私の想像を遙かに超えるものだ。早速これを売り出し、子供たちに魔法使いの適性が現れるかどうか様子を見てみよう」

「そうだな。魔法使いの適性再検査もするか？」

「しないと検証のしようがないからな。一年間様子を見て、再検査してみるとするか」

こうして、マジコンカーと子供用ドライヤーは王家お墨付きという触れ込みで売り出すことを承認された。

その結果、アールスハイドだけでなく、周辺国全てにまであっという間にマジコンカーと子供用ドライヤーは普及していった。

さて、どういう結果が出るのか、今から楽しみだ。

◆

マジカルコントロールカー、略してマジコンカーと子供用ドライヤーが発売されて数日が経過したころ、アールスハイド初等学院では学年を問わずその二つの新商品の話題で持ち切りだった。

「昨日、予約してたマジコンカーが届いたんだ！」

「ええ⁉　いいなあ⁉　僕んちはまだ先なんだよー」

「あら？　髪が乱れてるわ。私がドライヤーで直してあげましょうか？」

「大丈夫よ。私も持ってるから」

校舎のあちらこちらからこのような会話が聞こえてくる。

それを聞きながらシルベスタとアレンは廊下を歩いていた。

「はぁ、皆もう持ってるのか。発売後あっという間に大人気商品じゃねえか」

「やっぱシン様は凄いな、こんな大人気商品を作ってしまわれるなんて」

「そうみたいだね」

「ね、凄いよね」

父を褒められて、シルベスタは嬉しそうに微笑む。

そんなシルベスタを見て、アレンは微笑ましい気持ちになった。

これだけ生徒を騒がせているマジコンカーと子供用ドライヤーは、シルベスタの父が経営するウォルフォード商会が新たに売り出した商品である。

現在品薄で、予約しても数日から数週間待たないと手に入らない大人気商品となっている。

シルベスタはウォルフォード商会会長の息子なので、そういった商品を優先的に手に入れられる立場にいる。

だがシルベスタはそのことを自慢するわけでもなく、その大人気商品を開発した父のことを嬉しそうに語るだけ。

優越感に浸りたい気持ちはなく、ただただ父のことが誇らしいのだろう。

自分がシルベスタの立場だったら、皆に自慢して回っていただろうなと、アレンはシルベスタの心根の真っすぐさを羨《うらや》ましく思った。

そんな会話をしながら教室に入ると、数人の男子生徒が二人のもとへとやってきた。

「アレン様、いよいよですね！」

「ん？　なにがだ？」

生徒が心待ちにするような行事があっただろうかと、アレンは本気で首を傾げた。

その様子に、まさかという表情をして顔を見合わせた男子生徒たちは、アレンに必死に訴えた。

「なにって、魔法実習ですよ！」

それを聞いたアレンは、ようやく「ああ」と納得した。

「そういえばそうだったな。すっかり忘れていた」

その言葉に、男子生徒二人は驚きでポカンと口を開けてしまった。

「忘れていたって……」

「アレン様は、魔法実習が楽しみではない、のでしょうか？」

いよいよ始まる魔法実習が男子生徒二人には楽しみで仕方がないのだが、どうもアレンは冷めた様子。

今どきの子供にとって、魔法とは最大の関心事。

それを忘れることなどあるのだろうか？

そう思ってしまい、胡乱げな顔をした男子生徒二人にアレンは慌てて取り繕った。

「ああ、いや。楽しみに決まっているだろ。ただ最近はちょっと、他のことで忙しくてな。忘れていたのだ」

「魔法実習を忘れるようなことって……」

「お前たち、マジコンカーは持っているか？」

アレンから、今一番ホットな話題が提供され、男子生徒二人は興奮して話し出した。

「もちろんですよ！　僕は昨日届きました！」

「僕は一昨日です！　アレン様もお持ちなのでしょう？」

「ああ。まあな」

アレンはそう言うと、ちらりとシルベスタを見た。

その視線に気付いた男子生徒二人は、少し嫉妬《しっと》の籠もった目でシルベスタを見た。

「ウォルフォードはいいよな。あれ、魔王様がお作りになったんだろ？」

「そりゃ絶対持ってるよな」

「はは、まあね」

マジコンカーはウォルフォード商会会長シン＝ウォルフォードが作った新商品。

その子供であるシルベスタは持っていて当然。

話題の新商品を誰よりも早く手に入れられる環境が羨ましくて仕方がない二人だった。

そこに、アレンが追加情報を投げ込んだ。

「そのマジコンカーな、俺たちも開発に参加したんだ」

「「!!」」

アレンの発言に目を見開く男子生徒二人。

周りにいた生徒も同じ表情をしていた。

「ど、どど、どういうことですか⁉　アレン様！」

「あ、あの商品の開発に携わるって……」

「ああ、なんかシン様から手伝ってくれって言われてな」

「シ、シン様から⁉」

シンから直接依頼されたことに驚いている二人。

なんかちょっと優越感に浸っているアレン。

そんな三人を見て苦笑しながらシルベスタも事情を話した。

「なんか、子供向けの商品だから子供の意見が欲しいって言われてね。お父さんが作ってくる試作品にあれこれ言ってただけだよ」

実際にシルベスタやアレンがしていたことは、試作品の外装に意見を言っていただけ。

実際の駆動部分や操縦機部分にはなにも関わっていない。

しかし、アレンとしては今大人気になっている商品の開発に一部でも関わっているということが自慢でしょうがないのだ。

もっとチヤホヤしてもらいたいアレンは、なんてことのないように言ったシルベスタに不満顔を作った。

「なんだよー、もっと自慢しろよシルバー。意見を言った次の試作品にはちゃんと俺らの意見が反映されてたじゃんかよー」

「はは、そうだったたね」

「まあ、そういうわけでな。俺たちはマジコンカーの開発を手伝っていたから、魔法実習のことをすっかり忘れていたのだ」

「そ、そうだったんですね」

アレンの言葉に、男子生徒二人はすっかり納得した。

あの商品の開発に携わっていれば、自分だって魔法実習のことを忘れるかもしれない。と、それくらいの説得力があった。

しかし。

実はアレンが魔法実習のことをすっかり忘れていたのはそれだけが原因ではない。

その証拠に、アレンは二人からもうすぐ魔法実習が始まると聞かされてもあまり嬉しそうにはしていない。

ああ、そういえばそうだったな、くらいの感想しかなかった。

そのことに二人は気付いていなかった。

魔法実習当日。

魔法に適性があり実習を受ける生徒たちは、朝からずっとソワソワしていた。

魔法師団員の監修のもとで行われた魔法適性検査で、適性のあった子は初めて自分で魔力を集めた。

その時、自分に魔法の適性があったことと、自分で魔力を集めているという事実に誰もが興奮した。

しかし、検査に来ていた魔法師団員に、しつこいほど「勝手に魔法を使ってはならない」と言われていたため、もう一度あの感じを体験したい生徒たちは魔法実習が始まる日を心待ちにしていたのだ。

そんな中で、落ち着き払っている生徒もいた。

「みんなソワソワしてるね」

「まあなあ。本当だったら俺もそうだったかもしれないけど」

「私たちはね……」

シルベスタはいたって冷静に周囲を観察し、アレンはちょっと優越感を覚え、クレスタはなんだか申し訳なさそうな顔をして待機していた。

一部例外もいるが、皆ソワソワしながらアールスハイド初等学院に新たに増設された魔法実習棟で教師の到着を待っていると、実習棟の扉が開き、学院の教師と見慣れぬ男が入ってきた。

入ってきた男は魔法師団の制服を着ている。

魔法の講師だ。

それを理解した瞬間、生徒たちから歓声があがった。

「はは。毎度のことながら、初めての授業のときは歓迎されるねえ」

魔法の講師は学院の教師に笑いながらそう言った。

「整列！」

学院の教師の号令で、生徒たちは整列する。

その前に立った魔法の講師が一つ咳払いをしてから口を開いた。

「えー、皆、もう分かっていると思うが、俺はアールスハイド魔法師団所属の魔法使いで、名前をバーニー＝アッシュという。君たちの魔法実習の講師を務めることになった。よろしくな」

魔法講師の自己紹介に、生徒たちはザワついた。

名門アールスハイド初等学院の講師に、魔法師団とはいえ平民の、しかもこんな粗野《そや》な言葉遣いの男が講師としてやってくるとは。

生徒たちは、先ほどまで期待に胸を膨らませていた反動か、不服そうな顔をする者が多かった。

それを見た魔法講師……アッシュは、予想通りの反応だとニヤッと笑った。

「ほう、俺みたいなのが講師なのが不服と見える。なるほど、なるほど」

ニヤニヤしながらそう言ったアッシュは、次の瞬間、非常に厳しい顔付きになった。

「俺の講義が受けられないというのなら、出て行ってもらって結構。引き留めはしない」

そう言われた生徒たちは、今まで言われたことのないほどの厳しい言葉に、先ほどまでの不服そうな顔から唖然《あぜん》とした顔に変わった。

そんな生徒たちを見回し、アッシュは更に言葉を続けた。

「魔法は、その使い方次第では皆の助けにもなるが、害にもなる。君たちには、正しい魔法の使い方を教えなければならない。もし君たちが間違った魔法の使い方をしようとするならば、俺は全力で君たちを止める。そんなとき、お上品に止めることなどしない。なので、俺はこの態度を改めることはしない。それが不服ならば魔法を教えることはできないし、今後他で習うことも許さない。分かったか？」

アッシュの粗野な態度と、あえてそうしている理由を聞かされ、ただ単純に魔法を教えてもらえると思っていた生徒たちは自分の考えの浅はかさを恥じることになった。

生徒たちが魔法に憧れていたのは、シンたちの物語を読んだから。

その物語では、魔法使いは正義の味方であり、格好いい憧れの存在として描かれている。

そんな格好いい存在に自分もなれるかもしれない。

生徒たちのほとんどはそう思っていた。

なのでアッシュは、最初の授業でその甘い考えを矯正すべくこのような態度で接したのだ。

ちなみに、これは初等学院生に魔法を教える際のマニュアルになっているので、どの学院でも講師は全てこのような態度を最初に取る。

嫌われ、恐れられることで、魔法とは危険なものだと最初に理解させる。

マニュアル通りに生徒たちを委縮させたアッシュは、改めて訊ねた。

「さて、俺の講義を受けたくないものはいるか？」

その問いに、誰も不服そうな態度を取ることなく、真っすぐにアッシュを見つめた。

その生徒たちの態度に満足したアッシュは、もう一度問うた。

「魔法を習う覚悟ができたということか？」

『はい‼』

アッシュの問いに、生徒たちは揃ってそう返事をした。

その返事に満足したのか、アッシュはニヤッと笑った。

「よし。ならば、俺は君たちに全力で魔法を教えよう。しかし、さっきも言ったように魔法はとても危険なものだ。それは攻撃魔法だけでなく、魔力の制御に失敗すると暴走するからという意味でもある。俺の指示に従い、勝手な行動は絶対にしないように。もし守れなかった場合、もう実習は受けさせないので、そのつもりでいろ」

『分かりました！』

「よし」

生徒たちの返事に頷いたアッシュは、早速魔法実習に移った。

「さて、魔法を使うに当たって一番大事なのは魔力の制御だ。これは魔法使いの王であらせられるシン＝ウォルフォード様が推奨している方法であり、全ての基本となるものだ。なので、まずはこの魔力制御の練習からになる。皆、広がれ」

アッシュの命令により周りと距離を空ける生徒たち。

「よし、それでは魔法適性検査のことを思い出せ。胸の前で手を向かい合わせ、その間に魔力を集めろ。ただし少しずつだ。制御に失敗して暴走すれば命に関わることもあるからな！」

そう脅《おど》されてしまった生徒たちは、おっかなびっくりといった感じで、魔力に意識を向ける。

魔法適性検査のときは基礎魔力が大気中の魔素に干渉できるかどうか調べただけなので、本格的な魔力制御は皆これが初めて。

いきなりやれと言われてもできるはずもなく、皆「うーん！」「むむ！」「くぅ！」といった感じで四苦八苦している。

いつもの光景だなと思いながら生徒たちを見ていたアッシュだったが、ある一角を見た瞬間に固まった。

この初回の授業で、すでに魔力制御ができている生徒がいたのだ。

ということは、魔法実習が始まる前に魔法の練習をしたということ。

そのとんでもなく危険な行為に、アッシュは頭に血が上ってしまった。

「おい！　そこの三人‼」

「え？」

「ん？」

「は、はい！」

返事をしたのは、シルベスタ、アレン、クレスタの三人である。

「お前たち！　実習前に魔法の練習をしたな⁉　危険だから勝手に練習はするなとあれほど釘を刺したのに‼　親はなにをしているんだ‼」

物凄い剣幕《けんまく》でシルベスタたちに近付いてくるアッシュに、面食らったシルベスタだが、親はなにをしていたのかと問われたので、それに答えた。

「えっと、お父さんに教わりました」

「俺も、シルバーのお父さんに」

「私も……」

子供が勝手に魔法の練習をしたのだと思っていたら、その親が教えていたとは。

子供の安全を脅《おびや》かす行為に、アッシュはさらに激高した。

「父親が率先して教えたのか⁉　どこの家だ⁉　厳重に抗議する‼」

アッシュは怒りのあまり真っ赤になっているが、生徒たちは「ああ」と納得顔である。

それもそのはず……。

「えっと……ウォルフォードです」

「……ん？　なんだと？」

「家の名前ですよね？　僕はシルベスタ＝ウォルフォードなので、家はウォルフォードです」

「……」

シルベスタのその言葉に、アッシュは背中に冷たい物が流れるのを感じた。

まさか、と思いつつも念のために訊ねた。

「ちなみに……お父上のお名前は……」

「シン＝ウォルフォードです」

「！！？？」

シルベスタの返事に、アッシュは驚愕のあまり開いた口が塞がらなくなった。

「え？　ということは……シン様のご子息様？」

「まあ、そうですけど、ご子息様なんてそんな大層なものじゃないので……」

「すみませんでした‼」

あまりにも遜《へりくだ》ったアッシュの言葉に、偉いのは父で自分ではないと言おうとしたシルベスタだったが、それを遮るようにアッシュは直角に腰を曲げて頭を下げた。

「シン様のご子息様とは露知らず、生意気なことを言って申し訳ありません‼」

「あ、いや、あの！　こ、困ります！　頭を上げてください！」

「いえ！　シン様がご子息様に魔法を教えているということならば、私から指導することなどなにもございません！　どうか、ご自由になさってください！」

「困ります‼　お父さんからも、監督者なしで練習しちゃ駄目って言われてるので！」

「あ……そ、そうですね」

「あの……本当に敬語やめてください……」

「しかし……」

「偉いのはお父さんであって、僕ではないので。本当にお願いします」

シルベスタはそう言って頭を下げた。

その姿を見たアッシュはようやく冷静になり、生徒たちの視線が冷たいことに気が付いた。

「！　ゴホン！　えー、スマン。少々取り乱した」

少々か？　と疑問に思った生徒たちだったが、どうにか冷静さを取り戻したようなので冷たい目で見ることは止めた。

しかし、疑問に思うことがあった。

「先生、どうしてシン様から指導を受けていたら先生の指導は受けなくていいんですか？」

生徒の一人がその疑問について訊ねると、アッシュはなぜ分からないのか？　という顔になった。

「どうしてって、俺が君たちに教えることは、シン様から教わったことだからだよ」

「あ、先生の先生ってことですか？」

「そういうことだ。いや、それにしても監督者なしで自由にしていいなどと、とんでもないことを言ってしまったな。済まないがその言葉は忘れてくれ」

「分かってます。お父さんからも絶対にしちゃ駄目って言われてますから」

シルベスタの言葉に、アッシュは感動したようにしみじみと呟いた。

「さすがはシン様だ。ご自分の子供であっても特別扱いはしないのだな」

魔法実習前に魔法を教えるのは特別扱いじゃないの？　と思いつつも、実際には魔法が使える親から魔法を教わっているだけ。

ただ、その親が世界最高の魔法使いであるだけである。

……十分特別扱いだな、と生徒たちはシルベスタに改めて羨望の眼差しを送った。

「ということは、君たちもシン様のご指導を？」

「あ、はい。シルバーとは友達なので」

「私もです」

「そうか。そうか……」

アレンとクレスタの返事を聞いたアッシュは、目を瞑《つむ》って眉間に皺を寄せた。

親以外に教わるのは駄目だったのだろうか？

そんな不安が胸をよぎるが、その不安はすぐに解消された。

「……羨ましい」

自分たちに魔法を教えてくれるはずの講師が、心底羨ましそうにしている。

気持ちは分かる！　とシルベスタたち以外の生徒の心が一つになったのだった。

◆

「へえ、初等学院での魔法の授業は脅しから入るですか！　知らなかったです！」

そう言うのは、アルティメット・マジシャンズに入って三年目、もう二十歳になったメイちゃんだ。

メイちゃんは高等魔法学院を首席で卒業したあと、アルティメット・マジシャンズに入団した。

もちろん、縁故《えんこ》やコネなどではなくちゃんと入団試験を受け、自力で合格している。

試験結果としてはブッチギリの一位だったので、同期入団の人たちからのやっかみなどはなかった。

ただ、まあ、自身が王女様だし、兄は王太子でアルティメット・マジシャンズの副長であったりするので、世間的にはコネ入団を疑っている人も中にはいるらしい。

そういう人はメイちゃんの実力を間近で見たことがない人がほとんどなんだけどね。

今のメイちゃんは、アルティメット・マジシャンズの中でも相当に高い力を持っている。

攻撃魔法は、オーグには及ばないけどそれに近い力を持っているし、過去にユーリから指導を受けたことがあるので魔道具への付与もできるし、シシリーに凄く懐いているのでシシリーから治癒魔法の指導も受け、シシリーほどではないにしろ治癒魔法も使える。

ちょっとずつその道の専門家には及ばないけど、いずれも高いレベルで使いこなすことができる。

使えないのは剣だけじゃないかな？

これは、メイちゃんが興味を示さなかったので習っていないだけ。

習えば、それも高レベルで身に付けていたんじゃないだろうか？

お陰で、難しい案件もメイちゃんにお願いすればなんとかなる、そんな認識がアルテイメット・マジシャンズ内に広がっている。

そんな才能溢れるメイちゃんは、朝事務所に出勤してきた際に俺と雑談をするのが日課になっているのだが、先日初等学院で行われたシルバーの初めての魔法実習の話をしたところ、先の反応が返ってきたのだ。

「そういえば、メイちゃんたちは中等学院から魔法の授業があったんだっけ」

「です。なので初等学院でどんな授業をしているのか気になってたです」

そう言うメイちゃんが魔法を習い始めたのは十歳の夏休み。

俺たちの合宿に付いてきたのが切っ掛けだった。

爺さんとばあちゃんから魔法を教わったのだが、当時、俺という存在相手に魔法を教えていたこともあり、初等学院生には魔法を教えないという一般常識を二人ともすっかり忘れてしまっていた。その結果当時珍しい初等学院生の魔法使いが誕生したのだった。

初等学院で魔法を教えようということになったのは本当にごく最近、具体的に言うと三年前からなので、メイちゃんも初等学院での魔法の授業内容は知らない。

シルバーのことは赤ちゃんのときから知っているし、その子が初等学院でどんな魔法の授業を受けているのかというのも気になったのだろう。

「まあ、中等学院生もまだ幼いけど初等学院生は本当に子供だからね。遊び半分で魔法を使うと大変なことになる、ということが分かってない子も多いから。最初に脅しをかけておこう、ってオーグが言いだしてな」

「ああ、お兄様なら言いそうです」

オーグがそう言っているところを想像したのだろう、メイちゃんは苦笑しながらそう言った。

「メイちゃんにはオーグっていう抑止力があったけど、初等学院で授業するとなると相当な人数になるだろ？　その一人一人に監視を付けるのは不可能だから、自分自身にその自覚を持ってもらわないと」

「抑止力って……まあ確かに、お兄様は怖かったです……今も怖いですけど」

「そのオーグが娘のヴィアちゃんにはタジタジになってるの、ウケるよな」

「あはは！　まあ、妹はともかく娘に嫌われるのは避けたいんじゃないです？　知りませんけど」

二十歳になったメイちゃんは、初めて会った十歳のころから中身はあんまり変わっていないように思える。

話し口調も昔のまんまだしね。

ただ、外見は大分変わった。

中等学院に入ったころから体形が女性らしくなり、今では背も伸びメリハリのある大人の女性の体形になっている。

二十歳を過ぎてもあんまり体形の変わらなかったアリスが、血の涙を流す勢いで羨ましがっていたのを思い出すなぁ……。

それに加えて、アールスハイド一の美男子と言われるオーグの妹だけあってルックスも整っている。

美女で、抜群《ばつぐん》のプロポーションで、アルティメット・マジシャンズの中でも高位実力者で、性格も昔のまま純粋。

モテないはずがないのだが、二十歳になった今でもまだ結婚はしていない。

それは……。

「シン代表。おはようございます」

俺とメイちゃんが雑談をしていると、新たに出勤してきたメンバーが挨拶をしにきた。

「あ！　おはようです！　エクレール君！」

「おはようございますメイ様。今日もお美しいですね」

「はわわ！　こんなとこでそんなこと言っちゃダメです！」

「ふふ。では、仕事が終わってからですね」

「あう……」

「あのさ、君たち……仕事場でイチャつかないでくれる？」

俺たちに話しかけてきたのは、アルティメット・マジシャンズの新入団員でメイちゃんと同期のエクレール君。

フルネームを、エクレール＝フォン＝スイードという。

名前からお察しの通り、スイード王国の王子様だ。

スイード王国王位継承順位第三位の第三王子だったが、中等学院での魔法実習で高い才能を発揮。

将来有望とみなされたのだが、当時のスイードはアールスハイドに比べて魔法技術において劣っていた。

そこでスイード王家は、俺たちアルティメット・マジシャンズが常駐し常に魔法に対してアップグレードを続けていた魔法技術最先端の国、アールスハイドに留学させようということになった。

そういう経緯により中等学院二年生から、メイちゃんも通っていたアールスハイド中等学院に転入。

メイちゃんと同い年であり隣国の王族ということで、学院ではメイちゃんたちと一緒に行動するようになる。

初等学院生時代より俺たちの指導を受けていたメイちゃんの魔法の実力は、スイード王国内で天才と持て囃されていたエクレール君の高くなっていた鼻を簡単にへし折った。

身分も自分と同じ王族。

現時点で自分よりも高い実力を誇る魔法。

おまけに美少女。

すっかりメイちゃんに惚れこんでしまったエクレール君は、本国を通してアールスハイド王家にメイちゃんとの婚約を打診。

しかし、アールスハイド王国は王家まで含めて恋愛結婚推奨の国。

政略結婚もあるにはあるが、世界一と言っていい大国のアールスハイドにとって、政略結婚でスイードと結びつく意味はあまりない。

なので、この『王家同士』での申し込みをアールスハイドは却下した。

ただし、エクレール君『個人』がメイちゃんを口説き落としてお付き合い、結婚するのならそれを容認するという内容の返事をした。

元々メイちゃんに惚れこんで政略結婚の申し込みをしたエクレール君は、早速メイちゃんへのアプローチを開始。

ことあるごとに『綺麗だ』『素敵だ』『素晴らしい』と称賛《しょうさん》してくるエクレール君に対し、メイちゃんはそれを留学している先の国の王族に対してのお世辞だと思っていたらしく、全く響かなかったそうだ。

しかもメイちゃんにとっては色恋沙汰《いろこいざた》より魔法が一番。

高等魔法学院卒業後にアルティメット・マジシャンズに入団できるチャンスがあると

いうことで、それを目標に誰よりも熱心に魔法の訓練をしていた。

悉《ことごと》くアプローチが失敗したエクレール君は、ならばメイちゃんが一番夢中になっている魔法で実力を認めさせれば自分のことも意識してもらえるのでは？　と目標を変更。

魔法の訓練に打ち込むようになる。

……というか、スイードで受けられない高度な魔法を習いに来てるんだから、それが本道でしょうよ。

前にそう言ったら「仰る通りですが、当時はそれすら忘れるほど必死だったのですよ」と色んな意味で照れながら話してくれた。

まあ、そんなこんなで魔法を一生懸命頑張りだしたエクレール君。

当然、メイちゃんも一緒に訓練する。

一緒に訓練しているうちに、隣国の王族というお客様扱いから友人にランクアップし、さらに研鑽を重ねて、初等学院時代からの友人であるアグネスさんやコリン君も一緒にアールスハイド高等魔法学院に合格。

高等魔法学院生になったころから始めたハンター協会での魔物討伐によりさらに仲が良くなり、メイちゃんもエクレール君を意識するようになった。

頑張ったなあ、エクレール君……。

こうしてエクレール君を意識し出したメイちゃんだったが、その後もしばらく関係は変わらなかったそうだ。

そして、学院卒業間近になってエクレール君の進路が気になりだしたメイちゃん。

エクレール君はスイードの王族なので、学院を卒業すれば本国に帰還する予定だった。

それを聞いたメイちゃんは大きく動揺し、自身の気持ちを自覚したのだとか。

いや、遅。

その結果、なんとメイちゃんからエクレール君に告白。

舞い上がったエクレール君は、当然それを了承。

そういう経緯で、今この二人はお付き合いをしている恋人、兼、婚約者なのだ。

初めて聞いたときは「甘酸っぺえなおい」と思ったもんだ。

ちなみに、エクレール君もアルティメット・マジシャンズにいるのは、ウチに入団すればスイード王家からアルティメット・マジシャンズ所属団員を出したと自慢できるし、国に帰らなくてもよくなるから、という理由。

清々しい表情で面接のときにそう話してくれた。

まあ、メイちゃんたちと一緒に研鑽していたので、実技試験もメイちゃんに次ぐ次席での合格となり、今は一緒にコンビを組んで仕事をしてもらっている。

しかし、お付き合いをしだしてまだ二年とちょっとなので、ことあるごとにこうしてイチャイチャしだすのだ。

「まったく、もうちょっと仕事とプライベートのけじめをね……」

「アンタが言っても説得力ないわよ」

若い二人にお説教をしようとしたら、マリアに割り込まれた。

「隙《すき》あらばシシリーとイチャイチャしてた奴がなに言ってんの？　この世で一番その台詞を言われたくない人物よ、アンタ」

「……ぐぅ」

ぐぅの音が出た。

「そうだったです！　シンお兄ちゃん、いっつもシシリーお姉ちゃんとイチャイチャしてたですよ！」

「そうなんですか？　仲の良い夫婦の代名詞とも言われるシン様ご夫妻の熱愛振りを私も見てみたかったです」

「それはもうアンタ、四六時中イチャイチャイチャイチャしててねえ。見てるこっちが恥ずかしくなることが何度あったことか」

「お、おい、そこまでじゃなかっただろ！」

「そこまでだったわよ!!　何回イチャついてるアンタたちに魔法をぶっ放してやろうかと思ったことか！」

「……」

マリアさんがガチギレしていらっしゃる。

確かに、俺自身、若いころは四六時中シシリーとイチャイチャしていた自覚はある。

しかし、こうして若い子たちの上に立つ立場になった以上、教え導くのも上に立つ者の役目なわけで……。

「ということで、シンからの言葉には説得力がないので私から言わせて頂きます。メイ様、エクレール様、ここは仕事場です。イチャイチャするのはお仕事が終わってからになさってください」

「はーい」

「すみませんマリア先輩。以後気を付けます」

「分かっていただければ結構です」

……いや、それ、俺がやりたかったやつ。

「マリアお姉ちゃんに言われると説得力があるです」

「そうですね。夫であるカルタスさんが事務所にいるのに、イチャイチャしているところを見たことがありません。ちゃんと公私を分けていらっしゃるマリア先輩に言われると、納得せざるを得ません」

これが説得力か……。

確かに、マリアとカルタスさんは夫婦だけど事務所でイチャついているところを見たことがない。

王族二人から尊敬の眼差しで見られているマリアは、俺を見てドヤ顔をした。

くっそ……ムカつくけど、なにも言えない……。

こんなところで自分の過去の行動が自分の首を絞めることになるとは……！

自分自身の不甲斐なさに歯ぎしりしていると、エクレール君が「そういえば」とメイちゃんに話しかけた。

「昨日、コリンとドネリー嬢から手紙が届いていたのですが、メイ様のところにも来ましたか？」

コリン君は、俺も小さいときからお世話になっていたハーグ商会会頭トムさんの息子で、ドネリー嬢とはメイちゃんと幼いころから仲の良かったアグネスさんのことだ。

「来たです来たです!!　嬉しくて飛び跳ねちゃったですよ！」

「え？　コリン君とアグネスさんからの手紙で？　なにが書かれてたんです？」

メイちゃんの友達で高等魔法学院にも在籍していたから、マリアも二人のことを知っている。

飛び跳ねるほどメイちゃんを喜ばせたという手紙の内容が気になるのだろう。

マリアに訊ねられたメイちゃんは、満面の笑みで答えた。

「アグネスさんとコリン君が結婚するですよ!!　その結婚式の招待状を貰ったです!!」

「え、そうなの⁉」

「あれ？　シンお兄ちゃんのところには来てないです？」

「昨日だろ？　報告にはなかったな」

ウチには平民の家にもかかわらず執事とメイドがいる。

家に来る手紙の管理も執事の仕事なのだが、昨日はそんな報告はなかった。

え、結構仲良くお付き合いしてたと思うんだけど、あれ？　俺の独《ひと》り善《よ》がりだったかな……。

「うーん、おかしいです。ちょっと聞いてみますね」

メイちゃんはそう言うと、無線通信機でどこかに通信をかけ始めた。

いや……そろそろ仕事の時間だけど……。

そう思っていたのだが、相手が出てしまったらしく、会話が始まった。

「あ、アグネスさん？　メイです。今大丈夫です？」

通信の相手はアグネスさんだった。

「あ、これからお仕事でしたか、じゃあまたあとで……え？　大丈夫です？」

なんか今から仕事だったらしいけど、王女であるメイちゃんからの連絡の方が優先されるんだろう。

会話が続く。

「昨日お手紙届いたです。おめでとうございます！　初等学院のころから、いつかこの日が来るのを信じてたですよ！」

そういや、初等学院のころからアグネスさんのコリン君への想いは駄々洩《だだも》れだったな。

周囲は気付いているのに、コリン君だけ気付いてなかったけど……。

「式には当然伺うです！　それでですね、シンお兄ちゃんのところには招待状送ってないです？」

本題を切り出したメイちゃんは、その後「はい、はい」「ああ、確かに」「じゃあ、聞いてみるです」と言ってこちらを見た。

「シンお兄ちゃん、アグネスさんが、シンお兄ちゃんに結婚式の招待状を送るのは不敬にならないか？　って聞いてるですけど、なります？」

「なるわけないでしょ⁉　むしろ子供の頃からお世話してる子たちが結婚するのに招待状貰えなくて寂しかったよ！」

「と言ってるです。なので、招待状送っても大丈夫ですよ」

メイちゃんはそう言って通信を切った。

「なんか、シンお兄ちゃんに自分たちなんかの結婚式に来てもらうとか、畏れ多くてできなかったって言ってたですよ」

「いやいやいやいや、そもそもコリン君のお父さんのトムさんには俺が幼いころからお世話になってるんだから、その息子さんのコリン君の結婚をお祝いするのは当然でしょ！」

「そういえばそうでした」

まあ、コリン君たちから招待状が届かなくてもトムさんからは来てたかもしれないけどさ、やっぱり本人たちに招待してほしいじゃん。

ともかく、これでコリン君たちの結婚式に行けるね。

しかし、仲間内だけでなく、面倒を見ていた後輩たちも結婚するようになったか……。

「そういえば、メイちゃんとエクレール君はいつ頃結婚するの？」

「ほあっ⁉」

コリン君とアグネスさんが結婚するというので、二人の同級生であるメイちゃんとエクレール君はどうするのかと聞いたら、メイちゃんが変な声をあげた。

「えぅ、あの……」

「私たちはもう少し先ですね。王族同士の結婚ですし。恐らく臣籍降下《しんせきこうか》になると思いますが、どちらの国の公爵位を賜《たまわ》るのかまだ協議中ですから」

これが、メイちゃんが王女で二十歳なのにまだ結婚していない理由だ。

王族同士の結婚は大変なんだなあ。

まあ、この二人はお互い強く想い合っているようだし、どちらになっても大丈夫だろう。

「そうか、それならこの話はここで終わり。早速仕事に入ってもらおうかな」

「了解です！」

「承知しました」

「ほーい」

三者三様の返事をしたあとカタリナさんから依頼票を受け取り、仕事をしに行った。

それを見送ったあと、俺は自分の椅子に座り「ふー」と深く息を吐いた。

そうか、あの子たちが。

いつの間にか、そんなに時間が流れたんだなあ。

うちも、上の子が魔法を教えてもらうようになったし、着実に次世代は育っている。

そう実感する出来事だった。

第三章

子供は、まだ増える

シャルロットが初等学院に入学し、シルベスタも魔法を習うようになってしばらく経ったころ。

ウォルフォード家は、今日も保育園になっていた。

「ショーン、ノヴァ君、スコール君、ミーナちゃん、アネットちゃん、アンナちゃん、おやつですよ」

「「「「はーい！」」」」

シシリーの呼びかけに、ウォルフォード家に集まっていた幼児たちが一斉に返事をして駆け寄ってきた。

「まま！　きょうのおやつなに⁉」

「ふふ、今日のおやつはプリンですよ」

「わあ！」

「やった！」

「ぷりんだいすき！」

シシリーが今日のおやつを発表すると、幼児たちは一斉に歓声を上げた。

そんな子供たちを、シシリーは微笑《ほほえ》みを浮かべて見つめていた。

元々聖女と呼ばれていたシシリーが、母になりこんな表情を浮かべているのを創神教《そうしんきょう》の信者たちが見たら、今度は聖母と呼ばれてしまうのではないかと思うほど慈愛《じあい》に満ちた微笑みだった。

「さあ、おててを洗いましょうね」

「「「「「はーい」」」」」

シシリーが子供たちを洗面所に誘導していく。

ちなみに、ショーンがシンとシシリーの次男。

ノヴァは本名ノヴァクで、アウグストとエリザベートの長男。

スコールは、アリスとロイスの長男。

ミーナは、マークとオリビアの長女。

アネットは、ユーリとモーガンの長女。

アンナは、トニーとリリアの長女。

全員同い年の三歳である。

他にも、トールとユリウスにも同い年の子供がいるが、領地にて子育てをしているためここにはいない。

ここウォルフォード家は、王都で子育てをしている母親たちが息抜きをするための憩いの場所になっているのだ。

「はぁ、ここに来るとホッとするよー」

スコールの母であり、クロード子爵家夫人のアリスがソファーにグッタリと座り、足を投げ出している。

その様はとてもはしたなく、子供がいる貴族家夫人とはとても思えない所業だった。

「ちょっとアリスさん、はしたなくてよ」

「いいじゃんエリー、ここに来ないとこんなにダラけたりできないんだからさあ。ウォルフォード家は、あたしにとっての安息地なんだよう」

「また『あたし』になってますわよ？　もう、こんなに気を抜いていると、いざというときに本性が出ますわよ？」

「むしろ意識してるから大丈夫だって」

「それに……」

「ん？」

「スコールに見られたら幻滅されますわよ」

エリーがそう言うや否やアリスはバッと姿勢を正した。

「え？　見られてないよね？」

「さあ？　どうでしょうか？」

アリスの息子スコールがさっきまで遊びに夢中でこちらを見ていなかったことは確認しているが、反省を促すため、わざと曖昧《あいまい》な言い方にしたのだ。

「うう、幻滅されたらどうしよ……」

「なら、気を付けることね」

そんなやり取りを見ていたユーリとオリビアは、クスクスと笑っている。

「本当にアリスさんは貴族の奥様になっても変わらないですね」

「まぁ、堅苦しそうなのは分かるけどぉ、それって自分で選んだんでしょぉ？　なら頑張らないとぉ」

「分かってるよぉ」

二人に言われ、唇を尖《とが》らせるアリス。

その姿を見て、さらにクスクス笑うオリビアとユーリ。

「相変わらず、凄い集まりですね……」

そんな四人を見ながら、トニーの妻であるリリアがしみじみと呟《つぶや》いた。

「王太子妃殿下にアルティメット・マジシャンズ。それに比べて……私は平の事務官ですから……」

そう言うリリアにアリスが近寄り、耳元で囁《ささや》いた。

「旦那《だんな》がアルティメット・マジシャンズの時点で、リリアも特殊枠だから」

「ですよね～」

アリスの言葉に、苦笑と共に同意するしかないリリア。

リリア本人は、経法学院を卒業したあと官僚試験を受けて合格。

王城勤務の事務員として勤めに出ている。

経歴だけ見れば、そんなに珍しいものではない。

しかし、結婚式には王族がこぞって出席し、王太子が進める政策に身近な人物ということでリリアが産休と育休のモデルケースに選ばれたり、そもそも旦那がアルティメット・マジシャンズだったり。

環境が特殊すぎて、いまだに実感が湧かないのだった。

そもそも経法学院に進学する人間は安定志向の者がほとんど。

それなのになぜ自分が今の状況にいるのか、頭では理解していても心が追い付かないことが多い。

彼らと出会ってもう九年になるので、さすがに緊張でガチガチになることはもうないが、時折自分の境遇を顧《かえり》みては遠い目をすることがあるのだ。

「なんだか、遠いところに来てしまった気がします……」

「ここは、リリアの家から歩いても十五分くらいのとこだよ？」

「気持ちの問題です」

理解してくれないアリスに、唇を尖らせるリリア。

そんなことをしているうちに、子供たちが洗面所からリビングに戻ってきた。

「かーさま！」

そう言ってアリスに抱き着いたのはスコールだ。

「あら、元気いっぱいね。ちゃんと手を洗った？」

「はい！」

「ふふ、そう」

そう言ったアリスは微笑みながらスコールの頭を撫《な》でた。

……アリス以外の母たちは、あまりの変わり身の早さに絶句した。

え？　中身違う人物じゃね？　と思うほどの変わり身だった。

その様を目撃した四人は、下を向いてプルプルと震えている
「あら？　皆さん、どうされましたの？　さあ、子供たちもお待ちかねですから、いただきましょうか」

そんな四人に、額に血管を浮き上がらせながらもにこやかに対応し、決して貴族夫人としての仮面は脱がないアリス。

スコールに幻滅されるわけにはいかないのだ。

アリスの言葉に、子供たちは『わーい！』とプリンに群がる。

それを確認したアリスは小声で（あとで覚えてろ）と呟く。

それを聞いた四人は堪らず噴き出し、子供たちから不思議そうに見られるのだった。

アリスの額の血管の数が増えたのは言うまでもない。

「あらあら、ふふ、もうお義姉様ったら」

「まあシシリーさん、どうなさったの？」

さらにはシシリーまで悪乗りしだした。

アリスは内心で（お義姉様じゃねえよ！　皆して揶揄《からか》いやがって！）と思いつつも、変わらずにこやかに対応する。

なんで自分だけこんな辱《はずか》しめを？　と腑に落ちない感情を抱きつつも、最愛の息子であるスコールの前ではいいお母さんを演じ続けるアリスだった。

『いただきまーす！』

「はい、どうぞ。召し上がれ」

そんな母たちのやり取りなど微塵《みじん》も解さない子供たちは、目の前にあるプリンに目が釘付けで、皆揃った時点で早速食べ始める。

「おいしーねー」

「ねー」

甘く蕩《とろ》けるプリンに、自分たちの顔も蕩けさせながらもきゅもきゅと頬張《ほおば》る子供たちに、母たちは自分の顔も蕩けているのを自覚した。

「ふふ、可愛いですねえ」

「そうですわね。このくらいの子供が一番可愛いですわ。最近のヴィアときたらおすましが上手になってしまって、こういう顔は滅多に見せてくれないんですのよ？」

「それは……ヴィアちゃんは王女様なので仕方がないのでは？」

エリザベートのオクタヴィアに対する不満に、シシリーは思わず苦笑してしまう。

王女であるオクタヴィアは、既に王族としてのマナーの勉強を始めている。

その結果、同年代の他の子供よりも子供らしさがなくなってきている。

王族として、元公爵令嬢としても理解はできるのだが、同年代の平民の子、特に一番の親友であるシャルロットの自由奔放《じゆうほんぽう》な振《ふ》る舞《ま》いを見ていると、もう少し子供のままでいてほしかったという思いもある。

王太子妃殿下は複雑なのだ。

今、ここにいる子供たちは皆三歳。

王子であるノヴァクも、まだマナーの勉強は始めていない。

王族の子供が子供らしくいられる僅かな時間を見逃さないようにと、エリザベートは自分も子育てに参加しているのだ。

そんな会話をしながら子供たちのおやつの時間を見守っていると、ショーンがシシリーに話しかけた。

「まま、おにーちゃんとおねーちゃん、もうかえってくる?」

兄シルベスタと姉シャルロットに大切にされているショーンは、二人のことが大好きだった。

だから、二人が学院に行っているこの時間があまり好きではなく、すぐにでも帰ってきてほしい。

だが、今はお昼を少し過ぎた時間。

「そうねえ、ショーンがちゃんとお昼寝をしていたら帰ってくるわ」

シシリーはショーンの頭を撫でながら、このままお昼寝をするように促した。

ショーンたちは、その言葉に乗り、早速お昼寝の準備を始める。

「ねえ、まま」

「なに?」

「ぼくも、がくいん、いきたい……」

リビングの絨毯《じゅうたん》の上にマットを敷き、その上に子供たち全員で寝転がりタオルケットを被る。

その体勢で母から頭を撫でられると、途端に瞼《まぶた》が重くなり、たどたどしい言葉がさらに怪しくなる。

その状態で、自分も学院に行きたいと言い出したショーンに、シシリーは優しく微笑んだ。

「そうね。ショーンもうすぐ学院に行くわ。そのためには、しっかりお昼寝して、もっと大きくならなくちゃね」

「うん……ぼく……おおきく……」

そこまで言って、ショーンは眠りに落ちた。

周りを見ると、他の子供たちも皆寝息を立てている。

その様子を見て、母たちはようやく一息ついた。

「はあ、ようやく落ち着けるよ」

そう言って息を吐くアリスを見て、全員が噴き出した。

「なにを笑っているのかな？」

先ほどのこともあり、額に血管を浮き上がらせながらアリスが皆に詰め寄って行く。

しかし、そうすればするほど、先ほどとのギャップが浮き彫りになってますます可笑しい。

「ちょ、アリスさん、勘弁してくださいまし！」

「うふ、あはは！　アリスさん、いつの間に二重人格になったんですか？」

「さっきのは凄かったわねぇ」

「に、にじゅ……」

「うふふ」

「あ、あんたら……」

ますます笑い転げるエリザベートたちに文句を言ってやろうと思っていると、その機先を制された。

「あらアリスさん。騒ぐと子供たちが起きてしまいますわ」

「うぐっ！」

いくら可愛い盛りだとはいえ、元気いっぱいの三歳児の相手をするのは大変だ。

せっかくお昼寝をして大人しくなっているのだから、それを起こすのは得策ではない。

止むなく、アリスはその怒りの矛を収めた。

「まったく、皆非道《ひど》いよ。あたしはスコールに幻滅されないよう必死なだけなのに」

「だから、普段から先ほどのようにしていれば問題ないのですわよ」

「そうは言ってもさあ……」

アリスはそう言うと、目を瞑《つむ》り息を整えた。

「今更皆さんの前でこういう態度を取ると、皆さんお笑いになるでしょう？」

『ぶふっ！』

「ほらあ！」

普段からお淑《しと》やかにしろと言う割には、そうしたらしたで笑われる。

どうすりゃいいんだよ！　と頭を抱えるアリスなのであった。

そうして母たちで歓談していると、シシリーはふと先ほどのショーンの言葉を思い出した。

「そういえば、さっきショーンが、自分も早く学院に行きたいと言い出しまして」

「学院に？」

「ええ。シルバーやシャルが学院に行ってしまうのがつまらないらしくて。それに、二人とも学院で楽しそうにしているので、自分もそこに行きたいと思っているみたいなんです」

「へえ、そうなんだ。そういえばさ、シルバー君たちって学院でどんななの？」

アリスのその言葉に、シシリーは顔に手を当てて首を傾《かし》げる。

「そうですねえ……あの子たちから聞いているだけですから、毎日楽しそうにしてますけど、そういえばどんな様子なのか詳しくは知りませんね」

「そんなもん？」

「シルバーは何度か先生と保護者面談をしたのである程度は分かっているのですが、シャルの面談はまだですから」

「ふーん。どうなんだろうね？」

「そうですねえ、あの子はとにかくお転婆《てんば》ですから……」

シシリーはそう言うと、ちょっと不安そうな顔になった。

「……ちょっと心配になってきました」

シシリーは、シルバーのときとはまた違う不安に駆《か》られるのであった。

◆

「ぐぬぬぬ……」

アールスハイド初等学院、一年の教室。

その教室内で、一人の女子生徒が算数の小テストの答案を手に悔しそうな表情を浮かべていた。

「あ、アリーシャ、テスト何点だった？」

答案を手に近寄ってきたのはマックスだ。

声をかけられたアリーシャは、一瞬マックスを睨《にら》むと、自分の答案に視線を落とした。

「……マックス君は何点でしたの？」

「僕？　僕は九十三点」

「きゅっ⁉」

なんか、急に絞められたような声をあげるアリーシャに、マックスはビクッとなる。

「レ、レイン君は？」

アリーシャは、マックスと一緒にいるレインにも点数を聞いた。

するとレインは、おもむろに口を開いた。

「おれは……」

「……」（ゴクリ）

「七十点」

「レイン君……」

レインの点数を聞いた途端、アリーシャが慈愛に満ちた表情になった。

恐らくアリーシャの点数より低かったのだろう。

しかし、その態度はあからさますぎた。

ハッとそのことに気付いたアリーシャは、もしかしたらレインが気を悪くするのではと焦った。

だが。

「ん。予想より上出来」

「っていうか、レイン授業中よくウトウトしてるのに、よくそんな点数取れるね？」

「んー、勘が当たった」

「勘って……」

アリーシャは、レインがあまり勉強が好きではないのではないか？　ということに気付いた。

それなら、とアリーシャは思い切ってレインに声をかけた。

「あ、あの、レイン君！」

「ん？　なに？」

「あの、もしよかったら……」

「うん？」

「い、いっしょにおべんきょしませんか⁉」

……また噛んだ。

思い切って声をかけたのにまた噛んでしまい、アリーシャは真っ赤になって俯《うつむ》いてしまった。

流れる気まずい空気。

それを切り崩したのはレインだった。

「ん、いいよ」

「え⁉」

「あ、でも」

「え？」

「おれら、大体シャルんちで勉強してる」

「シャルロットの……」

シャルロットの家。

すなわち、ウォルフォード家。

先日初めて遊びに行ったが、王族、英雄、聖女、賢者、導師と勢ぞろいのとんでもない家だった。

そこで勉強？

アリーシャの身体が震えた。

そんな環境で勉強をしたとしても、気もそぞろになって勉強に身が入らない自信がある。

それはどうにかお断りしようとレインに声をかけようとしたが、一足遅かった。

「おーい、シャル」

「なーに？」

「あ、ちょ」

アリーシャが止める間もなく、レインの呼びかけに応えシャルロットが近寄ってきた。

「なに？　レイン」

「うん、シャル、何点だった？」

「わたし？　わたしは、九十五点」

「きゅっ⁉」

またアリーシャから、絞められたような声が聞こえた。

「ど、どうしたのアリーシャちゃん」

「な、なんでもありませんわ」

アリーシャは、シャルロットの点数に衝撃を受けた。

もちろん、高得点であったことも、自分より高い点数だったこともあるが、アリーシャはなんとなくシャルロットのことを頭の悪い子だと思い込んでいた。

それが、蓋《ふた》を開けてみれば自分より頭がいいとは……！

どうにも釈然《しゃくぜん》としなかったアリーシャだが、マックスとレインにとってはそうではなかったらしい。

「さすがだねえ。シンおじさんに教わってるの？」

「ママもだよ！」

その言葉でようやく腑に落ちた。

魔王シンと言えば、魔法の強力さだけがよく取り沙汰《とざた》されているが、今まで誰も思い付かなかったような魔法を理論的に説明し、魔法界に多大な貢献《こうけん》をしているという。

魔法を教えるのも得意で、特にアルティメット・マジシャンズに新たに入団した魔法使いは、それまでとは比べ物にならないほど成長するという。

聖女シシリーは、幼少期から優秀な学生であったことが知られている。

優秀で教え上手な両親から直接勉強を教われる環境。

これで成績が悪いわけがない。

「な、なに？　アリーシャちゃん」

「……べつに」

思わずシャルロットを睨みつけてしまったアリーシャだったが、これがただの嫉妬《しっと》と八つ当たりであることは自分でよく分かっていたので、それ以上シャルロットに噛み付くことはしなかった。

「それでさ」

「うん？」

そういえば、レインがシャルロットを呼んだのは別の理由だった。

「アリーシャが、シャルの家での勉強会に参加したいって」

「そうなの⁉」

レインの説明を聞いたシャルロットは、目を輝かせてアリーシャに詰め寄った。

「ちょ！　近い！　近いですわ‼」

「わあ！　やろ！　うちでいっしょにお勉強しよ！」

「わ、分かりました！　分かりましたから離れなさい！」

「やった！」

シャルロットは、新しくできた友達が家に遊びに来てくれるのが嬉しくて仕方がない。

アリーシャは、こんなに喜んでもらえるとは思ってもおらず、面喰らって顔を赤くした。

「そういえば、ヴィアちゃんは何点だった？」

マックスの言葉で、ハッと気が付くアリーシャ。

シャルロットがいるということは、オクタヴィアも一緒にいるということだ。

なぜ忘れていたのか。

ウォルフォード家で勉強会をするという話が衝撃的すぎたからだと自分に言い訳をしていると、オクタヴィアがニコッと笑って答えた。

「九十八点ですわ」

「！　殿下……！」

何気なく答えたオクタヴィアの点数に、アリーシャは絶句したあと、羨望《せんぼう》の眼差《まなざ》しを向けた。

　さすが王族。九十八点なんて高得点をたたき出すなんて凄い！　と思っていたのだが、マックスとレインは意外そうな顔をしていた。

「あれ？　そうなの？」

「満点だと思ってた」

「一ヶ所、計算間違いをしてしまったのですわ。それがなければ満点でしたのに」

「おにーちゃんのことばっかり考えてるからだよー」

「まあ！　なにを言うのシャル！　シルバーおにいさまのことを考えないときなんてひと時もありはしないのですよ⁉」

「……殿下……」

　満点が当たり前だと思われているところは素直に凄いと思っていたのに、そのあとに続く残念さ。

　これにはアリーシャも思わずゲンナリする他なかった。

「ところで、アリーシャさんは何点でしたの？」

「え？」

　そういえば、まだ自分の点数を伝えていなかった。

　しかし、この面々を前に発表するのは恥ずかしい。

だがオクタヴィアまで発表したのに自分が発表しないわけにはいかない。

アリーシャは思い切って点数を発表した。

「……八十八点ですわ」

「……あー」

良い点数であることは間違いない。

しかし、周りが軒並み高得点なので、なんとも微妙な点数に見えた。

オクタヴィアたちの反応に、アリーシャが羞恥《しゅうち》に震《ふる》えていると、その肩をポンと叩かれた。

「どんまい」

「レイン君に言われたくありませんわ⁉」

自分より点数が低いレインに慰められたことに思わずツッコミを入れてしまった。

「まあまあ、一緒に勉強すればすぐに点数は上がるって。シルバーおにいちゃんも教えてくれるから」

「まあ、シルバー様も？」

シャルロットの兄であるシルベスタとはすでに何度か会っていて、その初等学院生男子に似つかわしくない紳士的な振る舞いに好感を持っていた。

「ところで、シルバー様も優秀でいらっしゃるの？」

そのアリーシャの言葉に、シャルロットたち四人が顔を見合わせた。

「シルバーおにーちゃん、去年三年生だったとき学年一位だったよ」

「……やはり優秀ですのね」

「当然ですわ！」

「あひっ！」

オクタヴィアが突然大きな声を出したので、アリーシャは驚きのあまり変な声を出してしまった。

「シルバーおにいさまが優秀なのは、太陽が東から昇って西に沈むくらい当たり前のことですわ！　そんなシルバーおにいさまとの勉強会……ああ、考えただけでドキドキします！」

「っていうかヴィアちゃん、いつも思うけど、なんでシャルんちで勉強会してるの？　家庭教師いるんじゃないの？」

「そんなの！　シルバーおにいさまに教えてもらえるからに決まっていますわ!!」

「……殿下……」

なんというか、もう……なんだろう？

シルベスタが関わるときのオクタヴィアにはあまり触れないでおこう。

そう誓うアリーシャなのであった。

しかし、勉強会ではシルベスタに教えてもらうオクタヴィアがいる。

その様を見せつけられることになる。

その結果、自分がオクタヴィアにどんな感情を持つのか、今から不安でしょうがないアリーシャなのであった。

◆

アールスハイド初等学院四年生の教室。

一つ前の授業が終わり、教室内は二通りの反応に分かれていた。

ソワソワと落ち着かない者。

そして、それを羨《うらや》ましそうに見ている者たちだ。

ソワソワしているのは、次の授業が魔法実習なので待ちきれない魔法適性のあった生徒。

羨ましそうに見ているのは、魔法適性がなかった生徒たちだ。

「よおシルバー、実習棟行こうぜ」

「あ、うん」

その中で、アレンがシルベスタに魔法実習に行こうと声をかける。

声をかけられたシルベスタは、周囲の羨ましそうな視線を感じつつもアレンとクレスタと共に魔法実習棟に向かう。

「やれやれ、羨ましいのは分かるけど、これぱっかりはしょうがないからなあ」

「そうですね。魔法適性があるかどうかは生まれつきのものですし」

教室内での嫉妬と羨望の眼差しが鬱陶《うっとう》しかったのか、アレンが溜め息を吐く。

クレスタも、魔法が使えるかどうかは生まれつきの体質みたいなもので、妬んでもしようがないのに、という表情だ。

しかし、シルベスタは違う意見のようだ。

「別に、魔法使いじゃなくても立派な人は沢山いるんだから、羨む必要なんかないのにね」

「例えば？」

「ミランダさんとか」

「比べる相手が騎士団のアイドルとか、やっぱお前の周りはスゲエな……」

「ミランダさんが普通に家のリビングでお茶してるもんね……」

シルベスタの返答に、普段のウォルフォード家の様子を思い出したアレンとクレスタは改めてウォルフォード家の異常さを感じていた。

「皆お父さんとお母さんのお友達だから、凄いって言われてもなあ……」

「お前、気付いてるか？」

「なに？」

「お前の言ってること、シン様と全く同じだぞ？」

そう言われたシルベスタは、滅茶苦茶驚いた顔をした。

「え⁉　ホントに⁉　僕、お父さんと一緒⁉」

「そんな感動するとこ⁉」

「あはは、シルバー君は、そのうちシン様みたいになるかもしれませんね」

「そう？　ホントにそう思う⁉」

「え、ええ」

「そっかあ、お父さんと一緒かあ」

尊敬してやまない大好きな父と同じだと、将来は父のようになるかもと言われたシルベスタは、今まで見せたことがないくらい喜んだ。

あまり見たことがないシルベスタのそんな姿を見て、アレンとクレスタは苦笑した。

「しかし、シン様みたいとなると大変だぞ？」

「ふふ、目標は遠いですね」

「いつか追い付いてみせるよ！」

いつも穏やかであまり感情を高ぶらせることがないシルベスタが興奮している。

それくらい、父はシルベスタにとって大きい存在なのだ。

「だから、今日の魔法実習も頑張らないとね！」

「ああ、そうだな」

「ええ、頑張りましょう」

改めてこれから行われる魔法実習を頑張ろうと意気込む三人。

今日の魔法実習はなんだろう？　などと話しながら歩いていた三人だったが、アレンがふと思い出したようにシルベスタに訊《たず》ねた。

「そういえば、シン様の課題、できた？」

「うん、できたよ」

「は～、シルバーはいいよなあ。シン様がいなくても最高の魔法講師が何人も家にいるんだからさ」

「私たちは、家に帰ったら練習できないもんね」

初等学院生は、魔法に長《た》けた監督役の人間がいないと魔法の練習をしてはいけない、という決まりになっている。

この決まりは、シンが作った魔力制御用の魔道具のお陰で暴走事故が起こることはなくなったが、子供が勝手に魔法を覚えて、それを使って事故を起こさないようにするためのもの。

マーリンがシンを放置したことで勝手に魔法を創作し、いつのまにやら手が付けられない状況になっていたことを踏まえて、アウグストが法によって定めたものだ。

子供の自由意志を奪うのでは？　との懸念を口にする者もいたが、シンと今の子供たちではそもそもの前提が違う。

シンが幼いころから魔法を使って事故を起こさなかったのは、幼いころに前世の記憶が蘇り、精神的には大人と同等になっていたからだ。

そういった事象は本当に稀《まれ》なケースなので検討の材料からは排除した結果、初等学院生の魔法練習に監督役は必須となった。

監督役も、ちゃんと魔法師団が監督者ライセンスを発行しているので、それを持っている者しか監督役にはなれない。

なので、家にそういう人物がいない、もしくは魔法の家庭教師が雇えなかった場合、家で魔法の練習をすることは禁止。

その点、ウォルフォード家にはシン以外にも魔法に長けた人物が複数存在する。

当然のように、全員監督者ライセンスを持っている……というか、必要な試験を受けていないが、シンたちにそんなものは不要と、ある日突然ウォルフォード家で魔法が使える全員分のライセンスが送られてきた……ので、誰からでも魔法を教わることができるのだ。

魔法適性がなかった生徒からだけでなく、今度はアレンとクレスタから羨ましそうな視線を受けたシルベスタは「あ、あはは」と笑って誤魔化した。

「まあ、学院だけじゃなくて、シルバーの家にいる間限定でも練習できる俺らは恵まれてるんだろうけどな」

「本当に、凄い贅沢《ぜいたく》です。ウチでは両親だけでなくて祖父母まで羨ましがってました」

「聖女様と賢者様と導師様だもんな」

「信じられないくらいの幸運です。私、一生分の運を使い果たしてしまったのではないかと、時々不安になります」

「俺も」

「そう？」

シルベスタは、自分の家族が世間から物凄く尊敬されていることを知っている。

しかし、周りからいくらそう言われても、シルベスタにとって彼らは生まれたときからずっと一緒にいる家族。

優しくて面白い父、慈愛溢れる聖母だけど怒ると怖い母、ただただ優しい曽祖父、多分世界で一番怖い曽祖母。

彼らは、家の中に外での立場を一切持ち込まないので、家にいるときは本当に普通の家族。

だから、周りからどんなに言われてもそれが普段の家族の姿とどうしても一致しない。

結果、シルベスタは自分の家族に纏《まつ》わる話がピンとこないのだ。

「まあ、シルバーはそのままでいてくれ」

「ですね」

「なにそれ？」

アレンとクレスタの感情がどういうものか理解できずに、シルベスタは首を傾げる。

「はは！　まあ、気にすんな。それより、俺たちだけ魔法の技術が先行してると、またいらん嫉妬をされそうだよなあ」

「そうですねえ。魔法適性がない子だけじゃなくて、同じ魔法を習っている人からも妬まれそうです」

「これが、持てる者のさだめか……」

なんか格好つけてそんなことを言うアレンに、シルベスタは噴き出した。

「あはは！　なにそれ？」

「ん？　格好良くないか？」

「ちょっと痛々しい感じですわ……」

「クレスタ⁉」

自分の最大の味方であると思っていたクレスタからの手ひどい裏切りに、アレンはわざとらしくショックを受けた顔をした。

その顔を見てまた笑い出したシルベスタだったが、ふとあることを思い出した。

「あはは！　ああ、そういえば」

「ん？　どうした？」

「この前、お父さんとオーグおじさんが話してたんだけどね」

「お、おう」

アルティメット・マジシャンズ代表と王太子殿下の話ということで、さっきまでのふざけ合っていた表情から、急にアレンとクレスタは真剣な顔になった。

アレンとクレスタにとって、シンとアウグストの話は軽い気持ちで聞いていいものではないのだ。

「ど、どうしたの？」

「なんでもない。それで？」

「なんか来年、魔法適性の再検査をするらしいよ」

シルベスタの話を聞いたアレンとクレスタは、一瞬目を見開いたが、すぐに首を傾げた。

「え？　なんで？」

「さあ？　そこまでは話してなかった」

「へえ。なんでだろうな？」

「まあ、シン様と王太子殿下のお考えなんて、子供の私たちには到底理解できませんよ」

不思議そうなアレンに対し、雲上人《うんじょうびと》の考えなんて理解できないとクレスタは最初から理解することを放棄していた。

「それはそうなんだけどさあ、理由が知りたいじゃん」

「でも、それって私たちが聞いていいことなんですか？」

「う……」

確かに、アルティメット・マジシャンズ代表と王太子の話は重要な話であることが予想される。

その中に国家の重要機密が含まれていてもおかしくない。

そんな話を、初等学院生の自分たちが聞いてもいいのだろうか？

クレスタは純粋にそう思ったのだが、興味津々だったアレンは気まずそうに視線を逸らせた。

「ま、まあ、理由はともかく、再検査するってのは決まりなのか？」

「うん。来年の新四年生の検査と一緒にやるって」

「本当に、なんなんだろうな？」

「もしかして、再検査したら魔法適性がなかった人に適性が現れてたりして」

再検査ということは、一度検査を受けて魔法適性がないと判断された人物が対象ということだ。

わざわざ再検査するのは、そういった人物が再検査することで魔法適性が現れるかもしれないと考えているのかも？　とシルベスタは思ったのだが……。

「それはないだろ」

「そうですよ。魔法が使えない人は一生使えない。これは常識です」

「うーん、そっかあ」

シルベスタの予想は、実は当たっていたのだが、そんなことは知る由《よし》もない三人は、思考を今日の魔法実習に切り替えた。

そして、皆がまだ魔力制御に四苦八苦している中で、シルベスタたち三人だけはすでに魔法への変換までできるようになっており、予想通り嫉妬されるのだった。

◆

「ただいま戻りましたあ！」

「戻りました」

「ああ、おかえりメイちゃん、エクレール君。今日はどうだった？」

夕方のアルティメット・マジシャンズの事務所。

俺はそこで、アルティメット・マジシャンズの業務とは関係ない仕事をしていた。

いや、最近のアルティメット・マジシャンズは、事務員さんたちが優秀なので俺が見る書類とかなくなってきてるんだよ。

各国とも将来有望なエリートを送り込んできたみたいだし。

元々は力を付けすぎた俺たちに対する監視という名目だったけど、俺たちに疚《やま》しいところなど全くない。

事務員さんたちも、そういう疑いがないと分かると普通の業務に邁進してくれた。

毎年行っている新規入団試験も六回に及び、新入団員も研修を経て現場に出られる人材も増えてきた。

そうすると、俺が出る依頼がなくなってしまい、こうして事務所には詰めているけどやることがないという状況が生まれた。

いや、なんかもう、完全に俺の手を離れて独立していってる気がするな。

まあ、元々それが目的で団員や事務員を増やしたんだけどね。

最近俺がしてる仕事といえば、もっぱら新しい魔道具の製作とそれのアップグレード。

……ウォルフォード商会でやれよって内容です。

ただなあ……商会の方はアリスのお父さんであるグレンさんが社長として切り盛りし

てくれているから、こっちよりも仕事がないんだよ。

ここなら、たまに緊急案件ということで出動要請が出ることもあるから、特に商会の方で用事がないときはアルティメット・マジシャンズの事務所で色々しているのだ。

俺は、マジコンカーの改良案を練っていたのだが、その作業を中断して帰ってきたメイちゃんとエクレール君を出迎えた。

「今日は久々の魔物討伐案件だったですけど、数が多くて大変だったです」

「今日伺った地域は、人の手が入っていない場所が多かったですね。もしかしたら魔物が大量発生しているかもしれません」

「マジか。じゃあ、その地域の領主に注意喚起しとくか」

「お願いします」

「それじゃあ、上申書を作成して提出するから、なるべく早く報告書出してね」

「分かりました」

こうして現地から帰ってきた団員から話を聞いて、改善できるところがあれば国や領主に進言や注意喚起するのも俺の仕事。

とはいえ、平民である俺から伝えても各領主は貴族なので進言を邪険にされるかもしれない。

なので、俺がすることは団員の報告書をもとに詳細な上申書を作ってオーグへ上申すること。

あとは、アールスハイド王家の名で領主や各国に連絡が行く。

自分たちで対処できるならしてもらった方がいいからね。

そうしないと、自分たちでなにもしない、依存体質が生まれてしまう。

自分たちでなんとかして、それでもなんともできなければ俺たちに依頼が回ってくる。

数年続けて、ようやくこういった形式が取られるようになった。

はじめの頃は、なんでもかんでも引き受けてパンクしかかっていた。

魔物ハンター協会に依頼を振り分けて、ハンターたちに依頼をこなしてもらうという形式も、ここ数年ですっかり定着した。

そのお陰か、ハンター協会には魔物討伐以外の依頼が直接持ち込まれるようになった。

まさに、異世界ラノベによくある冒険者ギルドのような業務形態になってきたんだよな。

今のところランク制度などはないけど、依頼の内容によっては信頼のおけるハンターに受けてもらいたいものもあるそうなので、その内ランク制度か、信頼度、貢献度制度が生まれるかもしれないな。

そんなことを考えながらオーグに提出する上申書の用意をしていると、カタリナさんから声をかけられた。

「シン様、先ほどウォルフォード商会から書類が届きました」

「ありがとう」

カタリナさんから書類を受け取った俺は、書類に目を通した。

ちなみに、この書類は郵送されてきたり誰かが持ってきたりしたわけではない。

アルティメット・マジシャンズの事務所と王城の間で使われていた書類の転送装置を一般にも開放したので、それを使って送られてきたのだ。

まあ、前世でいうところのＦＡＸだな。

違うのは、送られてくるのがコピーではなくて現物であるということと、対になっている転送装置同士でないとやり取りができないこと。

今のところ、番号を設定して色んなところと自由に書類やもののやり取りができるようにする予定はない。

ゲートの魔法を付与してあるので、転送されるのは現物そのものであるし、もし小さい高級品……例えば金貨や宝石などが転送された場合、追跡するのが困難になるからだ。

対になっているのなら、送った先がすぐに分かるからね。

その装置を使って送られてきた書類に目を通す。

書類の内容は、近々魔道具を取り扱っている商会同士で会合をするので出席してほしいという依頼だった。

会議の内容は、最近になってクワンロンから魔石が大量に輸入されたことで、魔道具士が魔石を使った魔道具の開発に積極的になった。

ただ、普段から魔石を使わないことを前提とした魔道具の開発しかしてこなかったので、魔石の有効な使い方が分からない。

無茶な使い方をして事故が起きる前に、魔石の使い方について議論したいという内容だった。

今回開発したマジコンカーにも使ったけど、最近は本当に魔石が安価で店頭に並ぶようになった。

そのお陰で、俺は前から作りたかった常時点灯している照明器具や空調器具、氷を作る必要がなく常時冷やす冷蔵庫、全自動洗濯乾燥機などを開発し販売し始めた。

俺は魔石を自分で作れたので、昔からこういう魔道具は作っていて、自宅でのみ使用したりしていた。

で、この度世間一般にも魔石が出回り始めたので、家で使っている家電……じゃなくて生活魔道具を開放した。

結果は、大流行した。

そういった商品のお陰で、今、魔石利用魔道具は凄く熱いのだ。

すでに魔石利用魔道具の販売をしているウチにまで会合の話が来たのは、技術の独占はよくない、皆にレクチャーしてほしい……ってところだろうな。

そうなると、俺の返事は一つ。

俺はペンをとり、書類に記載されている『参加・不参加』の項目に○を入れ、ウォルフォード商会に送り返した。

「あれ？　随分《ずいぶん》と返送が早いですね。あんまり重要な書類じゃなかったんですか？」

書類転送装置はカタリナさんの席の近くにある。

彼女はアルティメット・マジシャンズの事務長的な立場にいるので、事務所に来る書類には真っ先に目を通すためこの席なのだ。

それと、こちらから送付する書類のチェックもしている。

俺の場合は、商会の機密に関わることがあるのと、そもそもコレを作ったのは俺で、コレを使わなくても自分のゲートで直接送れるから、チェックしようがしまいがあんまり関係ないからチェックされてない。

俺が書類にすぐサインをして送り返したので、内容を知らないカタリナさんは不思議に思ったのだろう。

「ああ、なんか今度魔石を利用する魔道具についての会議をするので出欠確認の書類だったから」

「そうなんですか。まあ、今更ですよね。シン様ほど魔石の取り扱いに長けている方はいらっしゃいませんもの」

「そうかな？　まあ、そんなわけでね」

「はい、不参加ですよね？」

「いや？　参加するよ」

「はい⁉」

俺の返事を聞いて、カタリナさんだけでなく、周囲で作業していた他の事務員や、報告書を書いていたメイちゃんとエクレール君まで目を見開いて俺を見ていた。

「え、なぜです？　魔石をどうやって使うのかを議論する集まりですよね？　なぜシン様が出席する必要があるのでしょうか？」

「そうです。シンお兄ちゃんはすでに答えを知ってます。魔道ランプとか空調とか作ったです。今更出る必要ないじゃないです？」

「そうだね。俺には必要ないね」

「……シン様、もしかして」

何かに気付いたエクレール君が、まさかという顔をして俺を見ていた。

「うん。魔石をどう魔道具に使うのかレクチャーしてくるよ」

『えええっ⁉』

俺が魔石利用のレクチャーをしてくると言うと、事務所中から悲鳴が上がった。

「な、なんですのん⁉　今のとこ、魔石を使った魔道具で大儲けしてるのはシンさんのとこの商会だけやないですか！　なんでその利益をドブに捨てるような真似するんですか⁉」

そう叫んだのは、エルス自由商業連合国出身の元商人でマリアの旦那であるカルタスさん。

利益に厳しいエルス商人らしく、俺の所業にショックを受けていた。

「別にそんなつもりはないよ。それに、同業他社が出てきたって、先駆けっていうのはそれだけでアドバンテージだからね。それに……」

「それに？」

「開発者が増えたら、奇想天外な発明品が出てくるかもしれないだろ？」

俺がそう答えたら、カルタスさんは目を見開き口をポカンと開けて呆然としていた。

まあ、エルス商人ならそういう反応になるだろうな。

苦笑しながらカルタスさんを見ていると、妻のマリアがカルタスさんに近付き、肩をポンポンと叩き正気に戻した。

「諦めなさい。あれがシンよ。利益や周りの迷惑も顧《かえり》みず、自分の興味のあることに全力を傾ける。私も、高等魔法学院時代に何度その気持ちを味わわされたことかっ！」

利益はともかく、周りの迷惑って……反論しようにも、心当たりがありすぎて否定することはできなかった。

カルタスさんを正気に戻すために肩を叩いたマリアだったが、過去を思い返していくうちにヒートアップしてきたのだろう、カルタスさんの肩をギリッ！　と摑んでいた。

「いたいいたい！　マリア、力入れすぎやって！」

「あ、ごめん。昔を思い出して、つい力が入っちゃったわ」

「ああ、いや、別にかまへんよ。それより、シンさん、あれで正気なんやね」

「ええ。残念ながらね」

正気を疑われてた⁉

マリアは、フォローしているように見せつつ貶《おとし》めるという高度なテクニックを使ったな。

そういえば、俺がなにかをする際、一番文句を言っていたのがマリアだったな。

あの頃は、本当に世間の常識に疎《うと》くて、周りにも沢山迷惑をかけたと思う。

けど、出会ってからもうすぐ十年も経つのに、いまだに根に持っているのか……。

ま、まあ、カルタスさんのお陰でマリアも落ち着いたみたいだし、あとはカルタスさんに任せておいていいかな。

そう思って自分の席に戻ると、メイちゃんとエクレール君が報告書を持って待っていた。

「お待たせしました！　今日の報告書です！」

「ご確認ください」

「ありがと。今日はもう上がっていいよ」

「はい！　じゃあ、失礼するです！」

「お疲れ様でした。それでは、また明日」

「ああ、お疲れ様」

こうして二人は報告書を提出すると、そのまま帰宅した。

俺は、報告書をもとに上申書を作成しながら、先ほどの書類について考えた。

今まで魔道具製作の知識を披露するのはビーン工房のみだった。

しかしそれは、業界全体で見たらあまり良いことではない。

なので、本当は俺の知識をある程度は放出するつもりではあった。

だが、俺には他に商会とのコネもないし、魔石を使った魔道具の製作手順を教えますよ、というのはいかにも上から目線に感じていて、中々実行に移せなかった。

それが、向こうから言い出してくるとは。

俺は渡りに船だとばかりに、会議当日を待ちわびた。

そして、その会議以後、魔道具の開発スピードが格段に加速することになるのだった。

第四章

そして、世代は移り変わっていく

季節は移り、学院が夏季休暇に入った。

お転婆すぎて色々と不安だったシャルも、初等学院でヴィアちゃんたち以外の友達も沢山できたようで、毎日楽しそうに今日あったことを教えてくれる。

良い面でも悪い面でも素直な子なので、無理している様子はなくホッとしている。

シルバーは、楽しみだった魔法を習えることが楽しいようだしアレン君たちとの仲も良好なようで、こちらも毎日の学院生活は楽しそうである。

二人とも、俺の子ということで色々とやっかみとかあるかな？　と危惧していたけど、今のところ表立ってそういうことを言ってくる子はいないらしい。

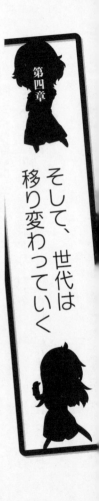

アリーシャちゃんがシャルに突っかかって行ったのは、ヴィアちゃんに対する態度がアリーシャちゃんの許容範囲を超えたからで、ウォルフォード家に対する当てつけではなく、純粋にシャルを叱《しか》ったらしい。

ちょっと当たりはキツイ子だけど、こういう子はシャルにとってはありがたいので、変わらずに友達を続けてくれているようでなによりである。

次男のショーンは、魔道具の練習をすると言っていたが、三歳の幼児には難しいらしく、毎日挑戦しては失敗して泣くということを繰り返している。

まあ、魔道玩具が既にあったシャルが五歳くらいでようやく使えるようになったことを思えば、今使えなくてもなにも問題はないんだけどね。

とにかくマジコンカーで遊びたいらしく、飽きずに魔道具の練習を頑張っている。

オーグのところの王子であるノヴァ君もショーンと同じ理由で魔道具の練習をしているのだそうだ。

そんな感じで日々を過ごしていると、あっという間に夏季休暇になったというわけである。

高等魔法学院在学中から、夏になると一度はユリウスの実家であるリッテンハイムリゾートで過ごすことが定番になっており、数日後にはそちらに向かう予定になっている。

そして今日、夏季休暇二日目なのだが、俺たちは今、旧帝国領で現アールスハイド領になっている、旧帝都を訪れている。

目的は……お墓参りだ。

旧帝都は、魔人や魔物たちによって住民が一人残らず惨殺され、俺たちが踏み込んだときには人っ子一人いないゴーストタウンと化していた。

シュトロームや魔人の残党を全て倒し、旧帝都を奪還《だっかん》したあと復興させるにあたって、壊されずに残った建物などはそのまま流用された。

元々の住民であった帝国人たちが皆殺しにされた街は気味が悪いという人もいたけれど、この規模の街を一から作り直すのは、時間的にも物的にも現実的ではない。

なので、無事な建物はそのままに、修復可能な建物は修復し、破壊された建物だけ一から作り直すことにした。

この世界には魔法があるため、土木工事や建築工事は迅速に行われ、今では移住者も多く住み賑《にぎ》わいを見せ始めている。

そして、旧帝城なのだが、ここは俺たちの戦いによって大部分が破壊されてしまったので取り壊され、中央公園として整備された。

中央公園の真ん中には『魔人王戦役最終決戦の地』という記念碑も建っている。

その中央公園の一角に、小さな墓地がある。

シュトロームたちによる蹂躙《じゅうりん》で亡くなってしまった旧帝都民たちの慰霊碑《いれいひ》や、あのとき俺たちが討伐した魔人たちの合同墓地などがある。

世界を滅ぼそうとした魔人たちの墓なんて……という声もあったのだが、魔人の遺体を放置しておくわけにはいかないし、元々旧帝国に対する強い憎しみから魔人になることを選んだ者たちである。

放置していると呪われそうという意見が圧倒的に多く、遺体は荼毘《だび》に付《ふ》されたあと、この合同墓地に埋葬されたのだ。

俺としても、あの最終決戦のときに聞かされた魔人たちの境遇に同情してしまい、できればきちんと供養《くよう》してやりたいと思っていたので、そういう決定が成されたことに安堵していた。

……あの戦いほど後味の悪い戦いはなかったからな。

願わくば来世で幸せになれるようにと、ここに来るたびに祈っている。

あとは、移民が始まってから亡くなった方の墓地としても利用されている。

その墓地の中の、とある墓の前に俺たち家族が揃って並んでいた。

「さあシルバー、お参りしてあげて」

「うん」

シルバーは頷くと、手に持っていた花束を墓石に供え、手を組んで目を閉じ祈りを捧げた。

俺とシシリーも、このお墓に眠っている人の最期を思い浮かべ、冥福《めいふく》を祈った。

「ねえ、ぱぱ、まま」

「ん？」

「どうしたの？　ショーン」

三歳になって色々と物事が理解できるようになったショーンは、最近色んなことに疑問を持つようになった。

「だれ？」

誰、とは、このお墓に眠っている人のことだろう。

今日は誰のお墓参りに来たのかと聞きたいみたいだ。

俺はショーンの横にしゃがみ込んで目線の高さを合わせたあと、まだ祈りを捧げているシルバーをちらりと見た。

「ここは、シルバーの……お兄ちゃんを産んだお母さんのお墓なんだよ」

「？　まま、いるよ？」

ショーンの言葉に、俺とシシリーは苦笑を漏らす。

やはり、まだ生みの親とか育ての親とか、そういうことは理解できなかったか。

どうやって説明しようかと思っていると、シャルが簡潔に言った。

「おにーちゃんには、産んでくれたママと育ててくれたママと、二人ママがいるの」

「まま、ふたり？」

「そう。わたしたちはママ一人なのに、ズルイよね」

「「ぷっ」」

ママが二人いてズルイって……そんな考え方をするとは思いもしなかった。

血の繋がりがない兄妹とかは、その事実が発覚した際よそよそしくなることが多いと思っていた。

しかし、シャルはその事実を知ってもなんら態度を変えなかった。

幼かったからかもしれないが、シャルにとって、血が繋がっているかどうかは関係ないらしい。

シルバーは兄で、それ以上でもそれ以下でもない。

それよりも、シャルにとってママとはシシリーのことで、優しく包容力があっていつも微笑《ほほえ》んでいる、なによりも安心できる対象。

初めのころはシャルも意味が分からなかったらしいが、成長するにつれてそんな人が二人もいるシルバーのことが羨《うらや》ましい、という考えになったらしい。

前向きというかなんというか、こういうシャルの考え方には物凄く助けられる思いがする。

正直、成長していって血の繋がりがない兄妹であることを自覚したら、妙なことになるんじゃないかと危惧していたこともある。

アールスハイド王国の法では、血の繋がりがなければ兄妹でも結婚できるからな。

実際、シルバー大好きなヴィアちゃんは、シャルのことを親友で姉妹のような存在だと公言しているが、シルバーに対してだけはメッチャ警戒している。

家族で四六時中一緒にいるから、いつか家族としての親愛が恋愛に変わるんじゃないかと思っているらしい。

ただ、まあ、シャルの様子を見ている限り、そういう感情になるとは思えないけどなあ。

そうこうしているうちに、シルバーのお参りも終わり、俺たちのもとに戻ってきた。

「お待たせ、お父さん、お母さん」

「ああ。ちゃんと挨拶《あいさつ》したか？」

「うん」

「そう、良かった。じゃあ、どうしましょうか？　ちょっと街を見ていきますか？」

「たんけん！　新しい街をたんけんしたい！」

「ぼくも！」

お墓参りも終わり、これから新しい街でも見ていこうかとシシリーが言うと、シャルとショーンが探検に行きたいと飛び跳ねながらアピールしてきた。

「そうだな。それじゃあ、新しい街になにがあるのか、皆で探検しようか」

「うん」

「やった！」

「わーい！」

シルバー、シャル、ショーンの三人の返事により、新しい街の探検……散策が決定した。

「じゃあ、皆迷子にならないように手を繋いでね」

「「はーい！」」

シシリーの言葉に、シャルがシルバーの右手を、ショーンがシルバーの左手を持った。

「ええ？　ちょっと、僕、手が使えないよ」

「だめ！　おにーちゃんはいもーとから手を離しちゃだめなの！」

「おとーとも！」

両手が塞がれて抗議するシルバーに対し、シャルとショーンが全力で手を離すことを拒否した。

やっぱり、この三人にはなんの危惧もない。

血の繋がりがあろうがなかろうが、お兄ちゃんはお兄ちゃんだし、妹と弟は妹と弟だ。

この関係が変わることはないだろう。

自分の訴えがシャルとショーンにあっさり却下されたシルバーは、苦笑しつつ二人に話しかけた。

「じゃあ、手を離しちゃだめだからね？」

「「うん！」」

シャルとショーンは、元気に返事をすると、シルバーの手を引いて歩き始めた。

「って！　ちょっと待て！　言った側から迷子になるようなことをするんじゃない‼」

「あらあら、まあまあ」

慌てて三人のあとを追いかける俺とシシリーの顔には、言葉とは裏腹に笑みが浮かんでいた。


ミリアのお墓参りに行ってから数日後、俺たちは例年の慣習通り、リッテンハイムリゾートを訪れていた。

このリッテンハイムリゾートはリッテンハイム侯爵家が運営しており、富裕層に大変人気のリゾート地なのだが、ユリウスがこの領地の次期領主なので色々と便宜《べんぎ》を図ってもらっている。

まさにコネである。

中々予約の取れない人気リゾート地なので周りの人からやっかまれていないか心配した時期もあったけど、ユリウスがアルティメット・マジシャンズの一員であることは広く知られているので、自分の領地に友人を招待しているだけという認識を持たれている……ということを知ってから気兼ねなく招待に応じている。

今回も俺たちは招待され、まずはここの領主であるユリウスの父親、リッテンハイム侯爵に挨拶に来た。

「お久しぶりですリッテンハイム侯爵。今年もお世話になります」

「久しいなシン殿。今年もウチに来てくれて感謝する」

「いえ、毎年招待してくださってありがとうございます。この子たちも、毎年ここで夏を過ごすのを楽しみにしていますので」

俺はそう言って、子供たちに視線を向けた。

「お招きいただき、ありがとうございます」

「ありがとうございます！」

「ありがとーごじゃいましゅ！」

シルバーが礼儀正しくお礼をし、シャルとショーンは元気いっぱいに挨拶した。

それを見て、リッテンハイム侯爵は「うんうん」と目を細めている。

「元気で素直そうな、いい子に育っているではないか。シン殿たちにそう言ってもらえて良かった。シン殿たちが毎年我が領地を訪れてくれることで、我が領地の格は上がりっ放しでな。報いることができているならそれ以上に嬉しいことはないよ」

「そんな、こちらこそ毎年お世話になってばかりで……」

「なので、滞在費は私が……」

「いえ、それは結構ですので」

「むう、そうか」

危ない。

リッテンハイム侯爵は、毎年俺たちの滞在費を自分たちで持つと言うのだ。

俺たちが毎年夏の休暇をここで過ごすことで、リゾート地としての格が上がるからと。

それを断るのが、毎年の恒例行事みたいになっている。

とりあえず今年もその儀式をしたあと、俺は侯爵の隣に立っているユリウスに視線を移した。

「ユリウス、久しぶり」

「お久しぶりで御座る、シン殿。会えて嬉しいで御座るよ」

「俺もだ。領地経営の勉強は順調か？」

ユリウスはリッテンハイム侯爵家の嫡男。

将来はこの侯爵領を継ぐ。

二十歳を超えた辺りから領地を継ぐための勉強を始め、アルティメット・マジシャンズの後進が育ってきた今では、ほとんどの時間を領地で過ごしている。

なので、アルティメット・マジシャンズは半ば引退という形になっており、こうして顔を合わせるのも久しぶりだ。

「いやはや、今まで鍛錬ばかりしていたので中々大変で御座る」

「そうなのか？　なんか、オーグと一緒に行動してたから、色んな事情に精通していると思ってたけど」

「事情を知っているのと実際に領地を運営するのはまた別の話で御座る。色んなことを即座に判断して即決していた殿下のことを、改めて尊敬しているところで御座るよ」

「アイツはなあ……学生のころから領地運営じゃなくて国政に参加してたしな」

「あれこそ本物の天才で御座る」

「ということは、トールも苦労してるのかな？」

「トールは学生のころから自領の産業について気を配っていたで御座るからなあ。シン殿も何度か苦言を呈されていたで御座ろう？」

「そういやそうだったわ」

俺が新しい魔道具を作るたびに、市場とか既存の業者への影響はないのか？　とか色々気にしていたからな。

アルティメット・マジシャンズとして活動していても、常に自分の領地のことを考えていたんだろう。

トールはユリウスよりも領地を引き継ぐのに苦労はしなそうだ。

「なので拙者より大丈夫かと思うで御座る。ああ、そういえば、トールたちもさっき着いて挨拶に来たで御座るよ」

「お、そうか」

「今頃、サラやジョアンたちとお茶でもしているのでは御座らんか？」

サラさんというのはユリウスの奥さんで、ジョアンというのはユリウスとサラさんとの間に生まれた息子だ。

「じゃあ、俺たちもそっちに行こうかな。それでは侯爵、失礼します」

「うむ。シン殿はお忙しい身であろうからな。ゆっくり英気を養ってくれ」

「はい、ありがとうございます」

侯爵に挨拶をすると、俺たちは侯爵とユリウスの二人を残して部屋を出た。

このあとも到着する予定の人間がいるし、その中にはオーグたちもいる。

当主と次期当主として王太子を出迎えないわけにはいかないからな。

なので、俺たち家族だけで部屋を出たあと侯爵家のメイドさんに案内されてトールたちのところへと案内された。

メイドさんが扉をノックし俺たちが訪問したことを告げると中から返事があり、部屋の中へと案内された。

「シン殿！」

中には当然トールがいて、俺たちが部屋に入ると立ち上《なか》がって俺を出迎えてくれた。

ユリウスと同じく、アルティメット・マジシャンズを半ば引退しているトールと会うのも久しぶりだ。

この毎年のリッテンハイムリゾートへの訪問は、こうして中々会うことがなくなってしまった仲間と久しぶりに会うことも目的の一つになっている。

俺は、久しぶりに会ったトールと握手をしながら挨拶した。

「久しぶりトール。元気そうでなによりだ」

「お陰様で。シン殿もお変わりないようで、本当に」

挨拶を交わし合っていると、トールからジト目を向けられてしまった。

「な、なに？」

「相変わらず止まることを知りませんね、シン殿は。なんですか？　あのマジコンカーとやらは」

「お、ということは送ったやつで遊んでくれたんだな」

「ええ、遊びましたよ。お陰でアナベルが自分もやりたいと駄々をこねましてね。まだ三歳では魔道具の起動もできないので、挑戦しては失敗して、その都度泣くのですよ」

アナベルとは、トールの奥さんであるカリンさんとの間に生まれた女の子だ。

ウチのショーンや、ユリウスの息子ジョアン君と同い年の三歳。

外見はトールによく似ており、内面はカレンさんに似ておおらかなのだそうだ。

そんなアナベルちゃんとジョアン君は、俺たちがトールとユリウスにしょっちゅう会えないように、ショーンたちとも中々会う機会がない。

まあ、二人の父親であるトールとユリウスはお互いが次期領主という同じ立場なので、意見交換などでたまに会う間柄。

それに乗じて子供たちも会っているそうで、仲が良いとのこと。

これは、将来はひょっとして……と二人の両親は期待しているらしい。

まあ、そんな事情はともかく、アナベルちゃんもマジコンカーに興味を持ったのか。

外見に似合わずトールは格好いいものとか男らしいもの好きだからなあ。父親のそういう面が似たのかも。

「どこの家も一緒か」

「まあ、正直自分も楽しいと思ってしまったので、子供だけでなく大人にも人気が出るでしょうけど、よくあんなもの作ろうと思いましたね」

「ああ、それはさ……」

どうしてマジコンカーを作ろうとしたのか？　という話題になったので、先日オーグと交わした会話をトールに聞かせた。

すると、話を聞き終えたトールが額に手を当てて「はぁ」と溜め息を吐いた。

「ちょっと目を離した隙にもうこれですか？　仕方がないことですが、殿下の側を離れたことを後悔しそうです」

「それはしょうがないだろ。次期領主がいつまでもオーグの側近やってるわけにはいかないだろうし」

「それはそうなんですけどね……」

トールはそう言うと、俺に少し寂しそうな視線を向けてきた。

「いつまたシン殿が騒動の中心になるか分からないのに、自分が蚊帳《かや》の外《そと》にいるのが、なんとなく寂《さび》しく感じてしまうのですよ」

「……そっか」

高等魔法学院時代の友人たちとは今でも頻繁《ひんぱん》に会っているけど、トールとユリウスの二人だけはその立場から会う頻度が激減してしまった。

今までなら、俺やオーグが起こす騒動を間近に見て一緒に騒いでいたのに、今はそれができない。

仕方がないとはいえ、今の俺たちの関係性を改めて実感してしまい、俺たちの間にしんみりした空気が流れてしまった。

「まあ、そんなこと言ってもしょうがないんですけどね。さあシン殿、久しぶりに会ったのですから再会を喜び合いましょう」

「そうだな……っていうか！　トールが変な話を始めたんじゃないか！」

「おや？　そうでしたか？」

「お前……オーグの側にいすぎてアイツに似てきたんじゃないか？」

「失敬な。殿下ではなく、むしろシン殿でしょう」

「なんで⁉」

「自覚がないところがシン殿らしいですよ」

トールはそう言って笑うと、子供たちが再会を喜び合っているところへと歩いて行った。

「じょあん！　あな！」

「「しょーん」」

「「「きゃはは！」」」

同い年の幼児三人が、お互いの名前を呼び合って抱き合い、笑い転げている。

会って名前を呼び合っただけなのに、なにがそんなに楽しいのやら。

「まったく、ショーンってばお子ちゃまなんだか……きょわ！」

幼児たちは幼児だからしょうがないな、と言わんばかりのシャルに、ジョアン君とアナベルちゃんが飛び掛かった。

二人にとってシャルは、割と身近にいて遊んでくれるお姉さんなのだ。

「「しゃるちゃん！」」

「ちょ！　なんで二人同時に飛び掛かってくんの⁉」

「「あしょぼ！」」

ジョアン君とアナベルちゃんに加えてショーンまでシャルに群がりながら、遊んでほしいと懇願する。

そんな幼児三人に見つめられたシャルは、側で笑っているシルバーに視線を向けた。

「ほら！　おにーちゃんもいるよ！　三人とも！　シルバーおにーちゃんに飛び掛かれ！」

「「「わあっ!!」」」

幼児たちの相手などできないと言わんばかりのシャルは、シルバーを生贄に捧げた。

突然幼児三人の襲撃を受けたシルバーだったが、そこで驚くべき光景が繰り広げられた。

「おっと。三人とも元気だね」

「わあ！」

「しるにーしゅごい！」

「しゅごーい！」

飛び掛かってきた幼児三人を、シルバーは事もなげに受け止め、あまつさえ右手にショーン、左手にジョアン、アナベルちゃんを肩にと三人まとめて抱えてしまったのだ。

三人はまだ三歳とはいえ、三人同時の抱っこは大人でも大変だ。

十歳前の少年となれば相当重いはず。

それなのに、三人を抱き抱えている様子に無理をしているところはない。

「……凄いですねシルバー君」

ちょっと唖然《あぜん》としながらそう言ったのは、トールの奥さんのカレンさん。

「見た目は華奢な少年に見えるのですが……もしかして大分《だいぶ》鍛えられているのでしょうか？」

そう言うのはユリウスの奥さんであるサラさんだ。

二人とも、幼児たちと楽し気に戯れるシルバーから目が離せないでいる。

シルバーに幼児を押し付けたシャルは、こういう光景に慣れているのか驚いている素振りはない。

ただ、自分を置き去りにして戯れているので、羨ましがっている素振りは見せている。

いや、それはシャルの自業自得だろうよ。

そんな中、一人冷静だったトールがポツリと呟《つぶや》いた。

「……身体強化魔法」

「お、さすがトール。分かったか」

「分かりますよ。まだ十歳前の少年が幼児三人を抱き抱える。そんなの身体強化魔法を使っていないと無理な話です。というか、もうそこまで教えたのですか？」

「まあね。シルバーって才能があるのか、教えた側から覚えていくからさ。教えるのが楽しくなっちゃってさ」

俺がそう言うと、トールとシシリーが揃って溜め息を吐いた。

「シン殿……もしかしてシン殿は、第二のシン殿を作り出そうとしてますか？」

「え？　なんで？」

「シン君、気付いてないんですか？」

トールの話が理解できないでいると、シシリーがちょっと呆れた顔をしながら話しかけてきた。

「なにを？」

「その台詞、マーリンお爺様がシン君に魔法を教えたあとの台詞と全く同じですよ？」

「え？　あ……」

そういえば……高等魔法学院入学前に魔法を披露したときに、ばあちゃんに詰め寄られた爺さんがそんなことを言っていた気がする。

トールとシシリーは、誰かからそのときのことを聞いたのだろう。

だから、俺の言葉に溜め息を吐いたんだ。

「本当に血が繋がっていないんですか？　言動がマーリン殿にソックリなんですけど」

「こういうのを見ると、子供は血筋ではなく親の背中を見て育っているのだと実感しますね」

「自分たちは気を付けましょう、シシリー殿」

「そうですねトールさん」

そう言って頷き合ったトールとシシリーは、同時に俺を見た。

わ、分かってるよ。

「お、俺も自重します……」

「そうしてください」

「もう、本当に気を付けてくださいね？　頑張っているのはいいことですけど、シルバーは特にシン君のことを尊敬しているんですから。シン君の言うことなら無条件で信用しますよ？」

「わ、分かりました」

子供たちが楽しそうに戯れている横で、俺はトールとシシリーからお説教を受けていた。

そんな姿を見て、カレンさんとサラさんは笑っている。

「本当に、皆さんはお変わりないですね。トールちゃんが今日のことを楽しみにしていたのがよく理解できます」

「ちょ！　カレン⁉　なんで言うんですか⁉」

「あれ？　内緒だった？　ゴメンね、トールちゃん」

「いや……別にそういうわけではないですけど……」

「そう？　良かった」

「……」

奥さんからの思わぬ暴露にトールは最初抗議していたけど、特に否定するような内容の話ではないので、割とすぐに引き下がった。

っていうかカレンさん、まだトールのことちゃん付けしてたんだな……。

自分の夫でアナベルちゃんの父親なのに……。

色んな意味で辱《はずかし》めを受けたトールは、赤い顔をして俯《うつむ》いてしまった。

「シン殿のせいですよ！」

「なんでだよ⁉」

トールから向けられた理不尽な責任転嫁に抗議すると、奥さんたち三人はコロコロと笑い、子供たちはなにがあったのか理解できずにキョトンとしていた。

しばらく会っていなかったトールが、今までと変わらないのは分かったけど……。

子供たちの前で、そういうのはやめろよ、本当に……。

「わあー！　つめたーい！　きもちいー‼」

「わっ！　ちょっとシャル！　バシャバシャしないでくださいまし！　顔にかかりましたわ！」

「シャルロットさん！　あなたはまた！　オクタヴィア殿下に粗相をして！」

「あはは、シャルは元気だねえ」

「暑い……部屋帰りたい」

俺たちが訪れたあとにオーグたちも他の家族も全員が揃い、全家族揃って水着へと着替え海へとやって来た。

海を見たシャルが真っ先に飛び込んでいき、引きずられていったヴィアちゃんは、シャルが跳ね上げた水しぶきがかかって文句を言い、今回初めて一緒に来たアリーシャちゃんがシャルに文句を言っている。

その様子をマックスがにこやかに見守り、レインは夏の暑さにグッタリしていて帰りたいとボヤいている。

初等学院一年生組は元気だね……レインを除いて。

まあ、一番元気にはしゃぎ回っているシャルに引きずられていると言った方がいいかもしれないけど。

そんな一年生組に、シルバーが近寄って行く。

「みんな、あんまり遠くに行っちゃだめだよ？　泳げない子はちゃんと浮き輪してね」

「はーい！」

「シルバーおにいさま！」

元気に返事をするシャルの側からヴィアちゃんが離れ、シルバーの側に寄って行く。

「シルバーおにいさま、あの、その……」

水着姿でモジモジするヴィアちゃんを見て、シルバーがフワッと笑う。

「その水着よく似合ってるよ、可愛いね」

「はうっ！　シルバーおにいさま……」

シルバーの何気ない一言に『ズキューン！』と胸を撃ち抜かれたヴィアちゃんは、真っ赤になってトロンとした顔をシルバーに見せた。

完全に恋する少女の顔だね。

というかシルバー、今さりげなくヴィアちゃんの水着を褒めたけど、もうそういうことができるようになったんだなあ……。

将来、女の子を泣かさないか、今から心配だ。

そんなシルバーに褒められて真っ赤になったヴィアちゃんを見て、年少組の一人、ヴィアちゃんの弟であるノヴァ君がコテンと首を傾《かし》げた。

「ねえさま、おかおがあかいです」

「え⁉　ノヴァ⁉　なぜここに⁉」

「？　ぼくたち、しるばーおにーちゃんとあそびなさいっていわれたです」

『いわれたー！』

「わあっ！　なんかお子様がたくさんいますわ⁉」

シルバーの側には、ノヴァ君以外にも沢山の三歳児がワラワラと群がっていた。

「なんか、おばさんたちから、子供たちの面倒を見てあげてって言われたから」

母たちからしたら、子供たちの中で一番の年長であり、沢山の弟妹たちの面倒を見てきた実績のあるシルバーは、子守りを任せるのにうってつけの人材だった。

なので、示し合わせたわけでもないのに「遊ぶならシルバーと一緒に」と言い含められたため、シルバーの周りに幼児たちが群がる結果になったのだ。

その数、総勢八人。

ウチの次男ショーン、オーグの長男ノヴァ君、アリスの長男スコール君、ユリウスの長男ジョアン君、マークとオリビアの長女ミーナちゃん、ユーリの長女アネットちゃん、トニーの長女アンナちゃん、トールの長女アナベルちゃんである。

シルバーの周りには、これだけの幼児たちが勢ぞろいし、先ほどのヴィアちゃんとのやり取りをジッと見ていた。

「あわわ、こ、こんなに沢山のお子様に見られていたなんて……⁉」

先ほどのシルバーに見惚れていたシーンを、沢山の子供たちに見られていたことで今度は羞恥《しゅうち》に頬《ほお》を染めクネクネと恥ずかしがるヴィアちゃん。

……この子まだ六歳なんだよな。

昔から思ってたけど、ちょっと恋愛的に早熟すぎない？

王族ってこんなもんなの？

「おお、ラブの波動を感じる」

「ん？　おお、久しぶりだなリン。ようやく引きこもりから脱出したか？」

子供たちを見ていると、最近アルティメット・マジシャンズの後進が育ってきたことで魔法学術院に引きこもり、事務所にあまり顔を見せなくなったリンがいつの間にか側に来ていた。

「んーん。この休暇が終わったら、また引きこもる」

「本当に、リンだけはなにも変わらないよな」

俺がそう言うと、リンは首を傾げた。

「ん？　ウォルフォード君たちも変わってない」

「そうか？　皆親になったり色々立場も変わっただろ」

俺がそう言うと、リンはゆるゆると首を横に振った。

「子供が増えただけ。立場が変わっただけ。皆は皆。なにも変わってない」

「……そっか」

「うん」

子供ができても、立場が変わっても、俺は俺、皆は皆ということなんだろう。

淡々とそう告げるリンの言葉が、なぜかストンと腑に落ちた。

「ほう、ヒューズからそのような言葉が聞けるとはな」

側にいたオーグも感銘を受けたようで、一瞬驚いた顔をしたあと、楽し気にリンを見ていた。

「私には夫も子供もいない。だから、皆より客観的にものが見られるだけ」

「あら、もしかしてリンさんも子供が欲しくなりました？」

独り身であることを強調したリンに、シシリーが揶揄《からか》うようにそんなことを言うのだが、リンは即座に首を横に振った。

「いい。子供がいると魔法の研究が滞る。私は、自分のことで精一杯」

「そ、そうですか」

一片の曇りもなくそう言い切るリンに、さしものシシリーもそれ以上言葉を続けられなかった。

「えー？　子供いいよ？　可愛いよ？　かーさまって寄ってこられると、抱き締めてスリスリしたくなるよ？」

以前は、リンと一緒に騒動ばかり起こしていたアリスも、今では結婚し一児の母になった。

そんなアリスから子供がいることの素晴らしさを説かれるのだが、リンはアリスを一瞥して鼻で笑った。

「子供にデレデレしてるアリスは気持ち悪い」

「非道《ひど》い!!」

一番の親友であったリンからバッサリ切られたアリスは、「ガーン!」という文字を背中に背負ってショックを受けていた。

「あはは。まあ、人それぞれだし、いいんじゃないかな?」

笑いながら会話に入ってきたのはトニーだ。

「僕は今の生活と家族が好きだし満足してるよ。アリスさんは子供がいて幸せで、リンさんは今の生活に満足してる。それでいいんじゃないかな? それにほら、結婚してても子供がいない夫婦もいるし」

トニーはそう言うと、シシリーの側に並んでいるマリアに視線を向けた。

「まあ、ほら。うちは学院を卒業してから知り合ったし、皆ほど長い時間を一緒にいるわけじゃないからね。しばらくは二人の生活を満喫したいっていうのもあったのよ。でもまあ、それも、そろそろいいかなって思ってはいるけどね」

マリアはそう言うと、俺たちに視線を向けた。

「今まではほら、ここに来るにしても、時期をずらして来てたりしてたでしょ？　アルティメット・マジシャンズのことを放っておけないから」

毎年リッテンハイムリゾートに招待されているとはいえ、全員で訪れることは今までしなかった。

というのも、いざというときのために誰かしらアルティメット・マジシャンズの事務所に残っていたからだ。

しかし、今年は全員参加。

それはどういうことを示しているかというと……。

「後進も育ってきたし、私がずっと事務所に詰めてる必要もなくなってきたでしょ？　だったら、私一人産休で抜けても大丈夫かなって」

マリアは結婚したあと、子供を望まなかった。女性陣が産休なり育休なりで抜けることが多かったからだ。

その穴埋めを、マリアが自主的に行ってくれていたのだ。

しかし、後進が育ってきた今ではその必要もあまりなくなってきた。

それなら、ってことなんだろう。

「もう、俺たちがいなくても、上手く回るようになってきたんだなあ」

商会は最初からグレンさんたちを筆頭に自分たちで経営していたけど、アルティメット・マジシャンズもメイちゃんやエクレール君、それに第一期新入団員であるヴァン君やミネアさんなども順調に実力を伸ばしており、新団員の皆は高等魔法学院時代の俺たちにも迫る力を身に付けている。

そのお陰で、どこに行ってもアルティメット・マジシャンズの評判は上々。

もう、俺たちでないといけない理由もなくなってきていた。

そういう風になるように指導してきた。

そんな今の状況に思いを馳せていた俺は、無意識に、思わず、ポツリと言葉を溢した。


「もう、俺たちの役目は終わったのかもな」


俺がそう呟くと、皆から「は？」という顔と目で見られた。

……あれ？

マリアとか「なに言ってんだ？　コイツ」という目で見てるし。

「なに言ってんの？　アンタ」

言われた！

「そうですよ。いまだに魔道具業界をこれだけ荒らしまわっているくせに、よくそんな台詞《せりふ》が口にできますね？」

トールにもジト目を向けられた。

「そうで御座るよ。それよりシン殿、新型の魔道車はまだできないので御座るか？　拙者、魔道車にハマってしまったで御座るよ」

ユリウスが魔道車を運転していると、金髪マッチョがアメ車を乗り回している感じで全く違和感はなかったんだが……そうか、ハマったか。

「というか、引退してもらっちゃ困るッスよ！　ビーン工房はウォルフォード君のお陰でてんてこ舞いなんスからね！」

「そうですよ！　ちゃんと責任を取ってもらわないと！」

俺が一番迷惑をかけているビーン工房の若夫婦であるマークとオリビアも、俺の言葉に真っ向から反論した。

いや、すみません……。

「いやあ、ビックリした。まさか、そこにいるだけで周りに迷惑をまき散らすシン君がそんなこと言うなんて思いもしなかった」

「うふふ、ねぇ。思わず笑っちゃうとこだったわぁ」

うぉい！　どういう意味だアリス⁉　そしてユーリはもう笑ってんだろうが！

「あはは、もし役目が終わったのなら、前世の話とか本にするのはどうかな？　僕、是《ぜ》非《ひ》読んでみたいんだよねぇ」

「そんなことしたら殿下の雷が落ちる。物理的に」

「そっかあ、残念」

「それに、放っておいてもウォルフォード君は勝手に騒動を起こす」

「それもそうかな」

クワンロンに行ってから、トニーは自分のオカルト好きを隠さなくなったな。

今でも暇を見つけては、今世で発行されているオカルトゴシップの本を片手に俺と雑談に興じることが多い。

というか、リンもアリスと同じで非道いな⁉

別に狙って騒動を起こしてるわけじゃねえんだよ！

口々に非道いことを言われ、ガックリと肩を落としていると、オーグがポンと肩を叩いた。

その顔は、全て分かっているという表情だった。

「オーグ……」

俺の初めての友人にして親友。

お互いを従兄弟《いとこ》と思って接していて、誰よりも気兼ねなく付き合える存在。

きっと、今傷付いている俺のことも分かってくれているんだろう。

そう思っていたのだが……。

「シン、隠していてもいずれ露見する。今考えていることがあるなら今の内に白状しておけ」

「オーグ⁉」

なにも分かってなかった⁉

それどころか、誰よりも俺のことを疑ってやがった！

「もういいよ！　俺は、皆が成長してきたから、もう俺の手は必要ないかなって思っただけなのに！」

俺がそう言うと、皆は「ああ」とようやく納得したような顔になった。

「ああ、ビックリした。まさかこの歳でもう引退するつもりなのかと思った」

「ですねえ。そんなことできるはずもないのに」

「シン殿は、ご自分の影響力の凄さを見誤っているで御座るな」

「思い付くもの全てが世間に衝撃を与えるッスからねえ」

「そんな人が引退なんて、なんの冗談かと思いましたよ」

「もしシン君が引退なんかしたら大変だよ？」

「そうねぇ、世間が大騒ぎするわねぇ」

「でも、もし引退したらどうなるのかねえ」

「想像できない。今は時代《かとき》の過渡期。ウォルフォード君なしでは成り立たない」

「そういうことだ。当分引退して楽隠居なんかできないから、覚悟しておけよ？」

皆が口々にそう言って、止《と》めにオーグから引退なんて当分先の話だと釘を刺された。

はあ、分かりましたよ。

頑張ればいいんでしょ、頑張れば。

そう思ってやさぐれていると、シシリーがそっと俺の腕を掴んだ。

「シン君の言いたいことは分かりますよ。アルティメット・マジシャンズも商会も魔道具業界も活性化してきてますから、シン君がいなくても今後も発展するでしょうね」

そうそう！　そういうことを言いたかったんだよ！

「でも、今まで先頭を走ってきたシン君が突然いなくなると、皆どうしていいか分からなくなります。だから、やっぱり引退するのは早いですよ？」

「いや、引退するつもりはなくて、その最前線をちょっと引こうかなって思っただけで」

「そうなんですか？　でも……」

シシリーはそう言うと、子供たちに目を向けた。

「子供たちにとって、世界の最前線で頑張っているパパは自慢なんです。皆パパのことが大好きですけど、頑張っているパパが一番好きなんですよ」

シシリーの言葉に釣られて俺も子供たちを見る。

すると、俺の視線に気付いたのか、シャルが大きく両手を振った。

「パパー！　ママー！　一緒にあそぼー‼」

楽しそうに手を振るシャルに続いて、シルバーからも声をかけられた。

「お父さーん、お母さーん。さすがにこれはちょっと多すぎるよー！」

八人の幼児たちの面倒を見ているシルバーが、さすがに人数が多すぎると助けを求めてきた。

シルバーの側にはヴィアちゃんがいて一緒に幼児たちの面倒を見ているけど、なぜかちょっと上気した顔をしてなにかブツブツ言っている。

シルバーの救援要請もあったので近付いていくと「おにいさまときょうどうさぎょう……こども……うふふ」と呟いていた。

……いや、マジで六歳だよね？

ちょっと未来にトリップしているヴィアちゃんにドン引きしていると、足元にしがみ付く存在がいた。

「ぱぱー！」

青い髪の、シシリーによく似た息子ショーンが、満面の笑みを浮かべて俺にしがみ付いていた。

そのショーンを抱き上げた俺に、シシリーが寄り添う。

「ふふ、ほら。引退なんてしている場合じゃないですよパパ。これからも、この子たちに立派な背中を見せてあげないと」

そう言われてショーンを見ると、ニパッと笑って俺にしがみ付いてきた。

側に寄ってきたシルバーに、労《ねぎら》いの意味を込めて頭を撫《な》でると、照れ臭そうに、しかし嬉しそうに微笑んだ。

「ずーるーいー!! シャルもー!!」

「おわっ!!」

息子たちと触れ合っていると、娘であるシャルが嫉妬《しっと》したのか、全速力で走ってきて、俺の背中に飛びついた。

「わたしが先に呼んだのに!! ズルイ!」

背中に張り付いたシャルが、そう文句を言ってきた。

いつの間にか、俺は子供たちに囲まれていた。

それを見て、シシリーは楽しそうに笑っている。

「そうだな……引退なんてしてる暇はないな」

「え? なにー?」

「いや、なんでもないよ。よーし! それじゃあ、ここからは俺たちも一緒に遊ぶぞー!」

俺はそう言うと、魔法で海水を持ち上げ、上空からシャワーのように降らせた。

「わー！」

「きゃー！」

「あははは！」

子供たちは突然の海水シャワーに大興奮だ。

シルバーは、俺を見上げて「すごい……」って尊敬の目で見てきている。

そうだな。

俺は、これからもこの子たちの目標でいないといけないんだ。

いつの日か子供たちが俺を追い越す日まで、俺は走り続けよう。

そう、この夏の日に誓った。

ちなみに、海水シャワーは親たちにも降り注ぎ、海水で髪がベトベトになったと、大人たちからは猛抗議を受けるのであった。

……締まらないけど、これはこれで俺たちらしいかな？


（おわり）

あとがき

吉岡剛です。

『賢者《けんじゃ》の孫《まご》』十七巻をお手に取っていただき、ありがとうございます。

二〇一五年から執筆を開始いたしました『賢者の孫』ですが、この巻をもって最終巻となります。

作家として、書きたい物語を最後まで書ききることができるのは、とても幸せなことだと自覚しており、ここまで書かせてくださったファミ通文庫編集部の皆さまには多大な感謝の気持ちを抱いております。

ありがとうございました。

当時、一読者として閲覧していた『小説家になろう』において、自分が読みたい小説がないなと思い、それなら自分で書いてしまえと思い立ったことは、私の人生において最大のターニングポイントになったと思います。

Ｗｅｂ小説として書き始め、書籍化なんてしたら嬉しいなあ、くらいの気持ちで書いていたのですが、あれよあれよという間に書籍化が決まり、漫画化が決まり、果てはアニメにまでなりました。

こんな展開を、二〇一五年当時の私は想像もしていませんでした。

その頃の私は色々とくさってましてね……声にまつわる仕事がしたくて上京してきて、数々の養成所に通いようやく小さい事務所に所属することができました。

しかし、私の力不足もあり思うように仕事を得ることができず、入る仕事はドラマやCMのエキストラばかり。

一体自分は何をしているのか？　と自問自答し、鬱屈した日々を過ごしておりました。

そんなストレスを発散する目的で書き始めたのがこの『賢者の孫』です。

軽い気持ちで書き始めたファンタジー小説ですが、実際には架空の国を作り、そこの政治形態も考え、他国が出てきた場合はそちらも考えなくてはいけない。メチャメチャ大変な作業なんだと痛感いたしました。

必死に色々と考えて書いていたのですが、その甲斐もあってか『賢者の孫』は文字通り世界が広がっていきました。

そんな広がった『賢者の孫』の世界ですが、実はここで終わりではありません。

『賢者の孫』自体は、この巻で終わります。

しかし、せっかくここまで作り込んだ世界観を終わらせてしまうのは勿体ない。

そこで、シンから主役を変えて、新しくこの世界での物語を書かせていただくことになりました。

その新しい主役は、シンとシシリーの娘、シャルロットです。

『賢者の孫』はシンが主役の物語。

なので、シャルロットが主役となるならタイトルも変えるべきだろう、ということでシャルロットを主役とした新しい物語『魔王《まおう》のあとつぎ』を始めさせていただきました。

シンが転生者で現代知識を持っていたのに対し、シャルロットはそういう知識はありません。いわゆる現地主人公ってやつです。

物語は、シャルロットがアールスハイド高等魔法学院に入学するところから始まります。

『賢者の孫』にも出てきたオクタヴィア、マックス、レインに加えて、新しくクラスメイトになる登場人物たちと、ファンタジー世界ならではの青春模様や恋愛模様を書いていけたらと思っています。

もしよろしければ、そちらも応援していただけると大変ありがたいです。

どうか、よろしくお願いします。

それでは、最後に、この『賢者の孫』に携わって頂いた皆さまに謝辞を。

担当S氏、貴方が私に声をかけてくれなければ今の私はありませんでした。

本当にありがとうございます。引き続き、よろしくお願いします。

菊池《きくち》先生、『賢者の孫』を皆さんが手に取ってくれたのは間違いなく先生のイラストの力によるところが大きいです。本当にありがとうございました。『魔王のあとつぎ』でも引き続きよろしくお願いします。

本編漫画担当の緒方《おがた》先生、『賢者の孫』がここまで世に浸透したのは、間違いなく先生の漫画のお陰です。本当にありがとうございました。

他にも、外伝漫画担当の清水《しみず》先生、SP漫画担当の西沢《にしざわ》先生、SS漫画担当の石井《いしい》先生、アニメを制作してくださったSILVER LINK.やその他制作会社、田村《たむら》監督、キャラたちに生命を吹き込んでくださった声優の皆さまなど、数えきれないほど沢山の人に支えられてここまで走ってくることができました。

本当にありがとうございました。

『賢者の孫』は一旦ここで終わりますが、『賢者の孫』の世界はまだ終わりません。『魔王のあとつぎ』として新たに展開していきますし、Webでは外伝も続けていこうと思っています。

どうかこれからも、末永くお付き合いいただければ幸いです。

それでは、ここまで支援してくださった皆様。本当にありがとうございました。

これからも、よろしくお願いいたします。

二〇二二年　十一月　吉岡　剛

■賢者の孫を応援いただき、ありがとうございました。

私としましても長いこと関わらせて頂いて、
色々と勉強になりました。
企画が始まってから長い時間が経ったので
私の絵柄も初期と比べると
色々変化があって面白いです。

「魔王のあとつぎ」も
よろしくお願いしますー。

■ご意見、ご感想をお寄せください。……………………………………

ファンレターの宛て先
〒102-8177　東京都千代田区富士見2-13-3　ファミ通文庫編集部
吉岡 剛先生　　菊池政治先生

FB ファミ通文庫

賢《けん》者《じゃ》の孫《まご》17
永《えい》遠《えん》無《む》窮《きゅう》の英《えい》雄《ゆう》譚《たん》　1814

2022年11月30日　初版発行　◇◇◇

著　者　吉《よし》岡《おか》 剛《つよし》
発行者　山下直久
発　行　株式会社KADOKAWA
〒102-8177 東京都千代田区富士見2-13-3
電話 0570-002-301（ナビダイヤル）
編集企画　ファミ通文庫編集部
デザイン　coil 世古口敦志
写植・製版　株式会社スタジオ205プラス
印　刷　凸版印刷株式会社
製　本　凸版印刷株式会社

●お問い合わせ
https://www.kadokawa.co.jp/（「お問い合わせ」へお進みください）
※内容によっては、お答えできない場合があります。
※サポートは日本国内のみとさせていただきます。
※Japanese text only

ISBN978-4-04-737234-4 C0193

定価はカバーに表示してあります。

ファミ通文庫
「父の二つ名である【魔王】を受け継ぐのは
私しかいない!!」
大好評発売中!!

シリーズ累計
700万部突破
「賢孫」の吉岡剛×菊池政治で贈る、
《魔王》の座を巡る《型破り》な少女の
異世界学園ファンタジー!!
魔王のあとつぎ
全国書店にて